KB062787

길 위에서 만나는

쇼펜하우어

걷기 전도사 신정일이 만난
쇼펜하우어 인생처세 이야기

길 위에서 만나는
쇼펜하우어

신정일(우리땅걷기 이사장) 지음

Schopenhauer

다차원북스

온전히 아름다운 삶이란 없다

태초 이래로 인간은 끊임없이 꿈을 꾸었다. 많은 사람이 모두가 평등하고 행복하게 사는 곳에 가고자 했고, 일부 사람들은 그곳을 만들고자 했다. 지금의 세계에 만족하지 못하고 완벽한 세계를 갈망했기 때문이다. 그 세계를 두고 이상향(理想鄕)이라 하고, 낙원(樂園)이라고도 하며, 또 어떤 사람은 유토피아(utopia)라고 부른다.

인간은 어떻게 살고 어디로 가야 하는가? 신의 계획과 인간이 계획이 조화롭게 만나는 장소는 과연 존재하는가?

유토피아는 토머스 모어가 쓴, 같은 이름의 소설 제목에서 유래했다. 《유토피아》에 나오는 상상의 섬이 바로 유토피아다. 그는 그리스어로 '없는(ou)'과 '장소(toppos)'를 결합해 유토피아라는 말을 만들었다. 그런데 이 말은 '좋은(eu)' 장소를 연상시킴으로써 이중으로 기능한다.

유토포스(u-topos)란 말도 유토피아를 뜻한다. '어느 곳에도 없다(nowhere)'는 뜻을 가지고 있다.

이 말은 플라톤의 《이상국가》에서부터 유래했다. 그리고 토머스 모어 이후에 캄파넬라의 《태양의 나라》와 프랜시스 베이컨의 《뉴아틀란티스》로 이어졌다. 우리나라에서는 불교의 미륵사상, 도원경, 이어도, 정여립의 대동사상에서 유토피아를 찾을 수 있다.

그렇다면 수많은 사람이 꿈꾸었던 이상향은 어떤 세상을 말하는가?

"그곳(멕시코) 사람들은 자연과 조화를 이루며 살아간다. 그들은 사유재산을 소유하지 않는다. 모든 것은 공동체 안에서 공유된다. 재산을 소유하지 않기 때문에 그들에게는 정부도 필요 없다. 그들은 왕도 어떠한 권위도 가지고 있지 않으며, 각자가 바로 자신의 주인이 된다. 그래서 신세계는 완벽한 무정부주의 유토피아다."

아메리고 베스푸치의 《신세계》에 실린 글이다.

유토피아를 꿈꾸었던 사람들이 원하는 세상은 모든 사람이 평등한 세상이었다. 그런 의미에서 오스카 와일드의 말은 너무나 지당하다.

"유토피아를 포함하지 않은 세계지도는 볼 가치가 없다. 왜냐하면 그것은 인간이 늘 상륙할 하나의 장소가 제외되었기 때문이다. 그리고 인간은 그 나라에 상륙하면 주위를 살피고 더 좋은 나라를 보고 출항한다. 진보란 유토피아의 실현이다."

우리가 꿈꾸는 진정한 유토피아가 이 지상에서 실현된다면 모든 사람이 행복할까? 그렇지 않다고 반론을 편 사람이 바로 독일의 철학자 쇼펜하우어다. 그는 이렇게 말한다.

"모든 것이 저절로 자라고, 비둘기가 구워진 채 날아다니며, 모두가 연인을 찾아 관계를 유지하는 데 어려움이 없는 유토피아로 인류를 옮겨 놓았다고 가정해보자. 그러면 사람들은 지루해하다가 죽거나, 목을 매어 자살하거나, 서로 싸우고 목을 조르고 죽여 지금 자연적으로 그들에게 가해지는 고통보다 더 많은 고통을 스스로 초래할 것이다."

"세상은 고통으로 가득 차 있고, 고통에서 벗어난 인간에게는 지루함이나 권태가 기다리고 있다."

"인간이 결함을 지닌 존재라는 것은 인간이 욕망덩어리라는 단순한 관찰 결과만으로도 충분히 알 수 있다. 욕망을 충족하기는 어렵지만, 그것이 충족되면 지루함이나 권태에 빠진다."

너무 행복하면 행복한 것을 모른다. 그것이 권태로 이어지고 고통으로 전이된다. 이 세상 어디에나 고통이 있는 곳에 행복이 있고, 행복이 있는 곳에 고통이 있다. 풍수지리학의 명제에 "온전히 아름다운 땅이란 없다(風水無全美)"는 말이 있다. 이 말을 바꾸어 말하면 '온전히 아름다운 사람도 없고, 온전히 아름다운 삶도 없다'는 말이 된다.

그러나 누구나 하나쯤은 자랑할 만한 점이나 숨기고 싶은 점이 있을 것이다. 난다 긴다 하는 사람들도 장점이 있지만 마찬가지로 결점이 있다. 그런 연유로 미스코리아나 미스유니버스처럼 아름다운 사람들도 자기 신체에 결함이 있다고 여겨 성형 수술을 하고, 얼굴을 고치고 고치다가 나중에는 자기가 자기를 못 알아보는 재미있는 일이 일어나는 것이다.

그러므로 신이 아닌 이상 온전하지 않은 인간은 이 세상을 사는 동안 온전한 곳에 가 닿기 위해 끊임없이 노력하다가 왔던 곳으로 돌아갈 뿐이다.

"인간의 행복한 상태는 멀리서 보면 무척 아름다운 숲과 같다. 숲에 가까이 다가가 안에 들어가면 아름다움은 사라져버린다. 우리는 조금 전의 그 아름다움이 어디 있는지 알지 못한다. 주위를 둘러싸고 있는 것은 나무뿐이기 때문이다. 우리는 종종 그런 식으로 다른 사람의 입장을 부러워한다."

쇼펜하우어의 철학 에세이집인 《여록과 보유(Parerga und Paralipomena)》 중 '심리학적 소견' 장(章)에 실린 이 글과 같이 어떤 처지에서도 만족을 모르고 '산 너머 고개 너머에 있는 행복'을 찾아서 떠나고 또 떠나는 것이 인간의 삶이고, 이것이 바로 이 세상의 진리이다.

그래서 그랬을까. 셰익스피어는 《템페스트》에서 다음과 같이 말했다.

"용감한 신세계여. 그곳에도 똑같은 인간들이 살고 있구나."

그리고 라마르틴은 사람들에게 다음과 같은 말을 남겼다.

"유토피아는 설익은 진리일 뿐이다."

무엇보다 중요한 것은 유토피아나 많은 사람이 오매불망 기다리는 내세, 즉 천국보다 지금, 살아 있는 지금을 잘 사는 것이다.

잠시 빌려서 살다가 가는 세상에 알 수 없는 미로를 걷는 도중 마음에 '우울'이라는 커튼이 드리워질 때, 창문을 열고서 잠시 생각해보자. 어떻게 살아야 잘 사는 것인가? 그때 어깨를 두드리며 말을 건네는 사람이 쇼펜하우어다.

"여보게, 인간은 이미 가진 것은 좀처럼 생각하지 않고 언제나 없는 것만 생각하는데, 그러지 말게. 가진 것은 금세 사라진다네. 지금을 잘 살게."

저마다 공부하는 영역이 다르고, 저마다 살아가는 방식이 다르다. 수많은 사람이 이 세상에 태어나 사랑하고, 미워하고, 울고, 웃으며 살아간다. 인간의 삶은 일정한 공식이 있는 것이 아니다. 그래서 일부 사람들은 능수능란하게 삶을 살아가지만,

다른 사람들은 항상 서툴고, 어설프고, 상처와 후회가 뒤범벅된 삶을 살아가는 것이다.

열일곱 살에 니체를 통해 처음 접하고 사숙했던 쇼펜하우어의 '크고 넓은 사상'을 두고 《길 위에서 만나는 쇼펜하우어》라는 제목으로 한 권의 책을 펴내는 마음이 묘하면서도 설렌다.

이 책 역시 머리말 제목처럼 온전하지 않지만, 온전하게 살고자 하는 사람의 여러 가지 이야기로 읽어주기를 바랄 뿐이다.

신경림 시인이 〈파장〉이란 시에서 "못난 놈들은 서로 얼굴만 봐도 흥겹다"라고 했듯이 온전하지 않아도 그 사람이 아름답다면, 온전하지 않은 사람이 많은 사회가 바람직한 사회 아니겠는가?

온전한 고을 전주에서
2024년 1월 4일 신정일

남미 칠레 토레스 델 파이네 국립공원.

차례

비밀이 불행을 막는다 16

영원한 것은 없다 20

인간관계에서의 거리 23

너무 애쓰지 마라 26

나이가 들면 좋은 점 30

다양한 지식으로 얻는 기쁨 32

결국 나를 위해 산다 35

늙음을 두려워 말라 38

관점에 따라 다른 행복 42

진정한 지식과 삶의 기술 44

행복은 마음먹기에 달렸다 47

만족을 모르는 사람들 50

고상하게 산다는 것 52

어리석음을 끝낼 수 있는 방법 56

타인은 나를 비추는 거울이다 58
불행에 맞서 싸우려면 조언을 구하라 60
다른 사람이 좋아하는 것을 비난하지 마라 63
다른 사람에게 속지 않으려면 68
명예와 부는 한 자루에 담을 수 없다 73
삶은 단지 현재에 충실하는 것 78
삶이 괴로운 이유 81
어떤 사람을 만나는 게 좋을까? 84
화를 다스리는 법 88
소유하지 못했을 때의 우울 92
온갖 제한이 사람을 행복하게 한다 98
세월이 가져올 변화를 예측하라 102
우리 삶은 여정과 같다 106
크게, 제대로 보라 110

과연 삶에서 행복은 불가능한가? 115
오랫동안 살아남는 좋은 책은 어떤 책인가? 120
삶은 고역의 길을 걷는 것과 같다 126
인생은 한 편의 연극이다 132
인간을 이루는 것과 인간이 지닌 것 134
고독을 사랑해야 행복하다 140
삶은 고통과 권태 사이의 시계추 144
진짜 문학과 가짜 문학 149
지적 능력을 함부로 드러내 보이지 마라 154
천국과 지옥이 아주 가깝게 있나니 160
유토피아는 어디에 있는가? 166
먼저 자신을 깊이 사랑하라 172
다른 사람을 통한 나의 성찰 176
인생 여정의 끝 180

쇼펜하우어의 책 읽기 183
조금 더 한가롭고 여유롭게 186
명예를 얻고 명성을 떨치고자 하는 것 190
고독을 견디는 법 198
자신을 진심으로 존경하는 사람 202
쇼펜하우어와 그의 어머니 요한나 208
어느 한순간이 운명의 인연이 될 수 있다 212
이 세상에서 시인은 어떤 존재인가 216
세상을 보는 눈은 저마다 다르다 220
내 고통을 견디고 남을 동정하라 222
연애가 인생의 꽃이다 230

비밀이 불행을 막는다

자기 개인의 문제는 모두 비밀로 해야 한다. 아주 친한 사람도 그가 직접 본 게 아니라면 전혀 모르게 해야 한다. 아무리 사소한 문제라도 남에게 알려지면 나중에 불리해질 수 있기 때문이다. 자신의 분별력을 지키고 싶다면 말보다 침묵이 더 낫다.

-《여록과 보유(Parerga und Paralipomena)》

사람이 살아가면서 솔직한 것만이 능사는 아니다. 침묵으로 자신의 비밀을 지키는 것 또한 중요하다. 쇼펜하우어는 다음과 같은 아라비아 격언도 덧붙여 그 중요성을 역설했다.

"적이 알면 안 되는 것은 친구에게도 알리지 마라."

"비밀을 지키면 비밀의 주인이 되지만, 비밀을 털어놓으면 비밀의 노예가 된다."

제주 산방굴사에서 바라본 사계 일대 풍경.

"침묵의 나무에서 평화의 열매가 열린다."

비밀이란 무엇일까? 우리가 쓰는 비밀(秘密)이란 말은 쉽사리 사람에게 알려질 수 없는 교의(教義)를 뜻하는 불교 용어 '비오심밀(秘奧深密)'에서 유래했다. '숨겨 남에게 공개하지 않는 일'을 가리키는 비밀은 누구에게나 한두 가지쯤 있다.

누구나 간직한 비밀, 그 비밀이 마음 깊숙한 곳에서 밖으로 새어 나간다는 것은 그다지 유쾌한 일이 아니다. 비밀은 비밀일 때만 그 존재를 유지할 수 있기 때문이다.

그래서 프랑스의 산문가이자 철학자인 장 그르니에는 "비밀이 없으면 행복도 없다"고 했고, 헤르만 헤세도 "비밀이 없는 사랑이라면 그게 무슨 의미가 있겠는가?"라는 말을 남겼다.

이슬람교 제2대 정통 칼리파(정치 · 종교 지도자) 우마르 이븐

알카타브가 남긴 격언을 통해서도 침묵과 비밀이 얼마나 중요한지 알 수 있다.

"다음의 넷은 돌아오지 않는다. 입 밖에 낸 말, 쏴버린 화살, 흘러간 세월, 간과해버린 기회."

내가 좋아해 즐겨 쓰는 말은 '할 말은 조금 남겨 두고'이다.

내몽골 차카염호에서 본 천산산맥의 아침.

영원한 것은 없다

우리 삶에서 '존재한다'는 한순간일 뿐이고, 그다음에는 영원히 '존재했다'가 되어버린다.

저녁을 맞이할 때마다 우리 삶은 하루씩 짧아진다. 마르지 않는 생명의 샘이 자신에게 주어졌다는 은밀한 의식이 없다면, 우리는 흘러가는 짧은 삶에 미쳐버릴지도 모른다.

그러고 보면 현재를 즐기는 것이 가장 훌륭한 지혜라 할 수 있다. 현재만이 실재하고, 그 밖의 다른 것은 사고의 유희에 지나지 않기 때문이다.

그러나 한편으로는 현재를 즐기는 것이 가장 어리석다고 할 수 있다. 다음 순간에 더 이상 존재하지 않는 것, 꿈처럼 송두리째 사라져버리는 것은 진정으로 추구할 가치가 없기 때문이다.

-《여록과 보유》

경북 경주의 감포 부근 바닷가 풍경.

이 세상에 영원하거나 고정된 것은 하나도 없다. 흐르는 강물처럼, 흐르는 구름처럼 변함없이 흐르고 흐른다는 것, 그것만이 진실이다. 대개의 사람은 그것을 잘 알면서 짐짓 모르는 척하거나 잊어버린 채 행세하며 하루하루를 살아간다.

가족이라는 이름의, 사회라는 이름의, 세상이라는 이름의 굴레에 의무와 책임을 져야 한다고 이야기하며 살아가지만 궁극적으로 인간은 개별적이며 혼자이다.

플라톤이 말한 '끊임없이 변화하는 흐름'만 존재하는 것이 우주의 이치이고, 그 시간의 흐름 속에 우리는 자꾸자꾸 빛을 잃어가고 있다.

사랑도 추억도 자꾸 잊히고 사라져가는 것을 매 순간 실감하며 잠시 살다가 가는 이 세상이다.

인간관계에서의 거리

어느 추운 겨울날, 몇 마리의 고슴도치가 몸을 따뜻하게 하려고 모여들었다. 하지만 가시가 서로를 찔러 어쩔 수 없이 흩어졌다. 그러다가 추워지자 다시 모여들었고, 서로를 찌르는 일이 또 벌어졌다. 고슴도치들은 여러 차례 모이고 흩어진 끝에 서로 적당한 거리를 유지하는 것이 최선임을 깨닫게 되었다.

-《여록과 보유》

살아가면서 때에 따라 만나는 사람이 서로 다른 것을 안다. 아니 절감한다. 내 나이 스무 살 무렵 만났던 사람이 다르고, 서른 살, 마흔 살, 그리고 오십이 되어 만났던 사람이 다 다르다. 어느 시기에 만나고 지내다가 헤어지기도 하고, 그러다가 어느 순간 다시 만나기도 하는 것이 인생이다.

그런데 헤어져야 할 때 그 맺은 인연, 지내온 세월이 아쉬워 관계를 지속하다 보면 더 큰 것을 잃을 수 있다. 작은 것은 작고 큰 것은 크다는 사실을 너무 늦기 전에 알아야 한다.

다른 사람과 관계를 맺을 때는 고슴도치처럼 적당한 거리가 필요하다. 아무리 가까운 사이라도 다른 사람이 나일 수는 없다. 친구, 애인, 부부, 부모와 자식, 직장 동료, 상사와 부하 직원, 스승과 제자 등으로 맺는 인간관계에서 나와 타인 사이에 거리가 생길 수밖에 없다. 다만 그 거리가 가깝고 먼 것에

중국 운남 대리의 창산에서 도반 박동규 씨와 함께.

서로 차이가 있을 뿐이다.

춥다고 난로를 너무 가까이하면 불에 데고, 불에 데는 것이 두려워 난로에서 너무 멀리 떨어지면 춥다. 적당한 거리는 각자 자신에 맞게 판단해야 한다.

전남 곡성 태안사에서.

너무
애쓰지 마라

덧없이 빨리 지나가는 삶 속에서 고정된 것은 없다. 끝없는 고통도 영원한 즐거움도 없다. 한결같은 모습, 오래 지속되는 기쁨, 변하지 않는 결심도 있을 수 없으며, 모든 것이 시간의 흐름 속에 사라진다. 시간 속의 분초, 사물을 이루는 무수한 원자, 사람의 사소한 행동 하나하나는 주위의 위대하고 용감한 것들을 썩게 만드는 요소이다.

세상에는 진지하게 대할 만한 것이 하나도 없다. 세상이 티끌 같은데, 그럴 가치를 지닌 게 어디 있겠는가? 크고 작은 일이 일어나는 삶에서 뭔가 약속이 되었다고 하더라도 이루어지지 않는 게 보통이며, 설사 이루어지더라도 우리 삶이 얼마나 보잘것없는지 느끼게 해줄 뿐이다.

희망은 우리를 속인다. 삶이 우리에게 뭔가 주었다면 그것은 도로 찾아갈 수 있기에 잠시 빌려준 것일 뿐이다. 먼 곳에 있는 매력적인 대상은 우리에게 낙원 같아 보이지만, 막상 가까이 다가가면 환영처럼 사라져버린다. 다시 말해 행복은 늘 미래나 과거에 있으며, 지금 햇살 가득한 벌판에서 바라보는 뜬구름처럼 눈앞에 환하게 보이지만 그 자체는 늘 그림자를 드리우고 있다.

-《여록과 보유》

청송 주산지의 봄.

"인생은 하룻밤 가장무도회냐"라는 대중가요 노랫말이 있다. 그런 인생을 일컬어 부평초 같다고도 하고 뜬구름 같다고도 한다. 어찌 보면 다 맞는 말이다.

사람들은 저마다 세상 최고라 여기며 우물 안 개구리처럼 목에 힘주고 살아가지만, 무한한 천체 가운데 한 점인 지구 위에서 잠시 살다가 갈 뿐이다. 천하를 호령하던 진시황도, 왕건과 이성계도 다 사라지지 않았는가.

우리는 끊임없이 변하는 이 세상에 잠시 살다가 갈 뿐이니 하나에 너무 매달려 골머리를 썩일 필요가 없다. 어떻게 살아야 잘 사는 것인지 정해져 있지도 않다.

그럼에도 계속되는 것, 그것이 인생이다.

충남 부여 무량사의 산신각 부근.

나이가 들면 좋은 점

젊었을 때는 세상에서 버림을 받았다고 느끼고, 늙어서는 세상에서 벗어난 느낌을 받는다. 전자의 불쾌한 느낌은 인간 세상을 잘 모르는 데서 오는 것이고, 후자의 유쾌한 느낌은 인간 세상을 잘 아는 데서 비롯된다.

그래서 인생 후반기는 악보 후반부처럼 전반기에 비해 애쓰는 일이 덜하고, 안주하려는 경향이 훨씬 커진다.

-《여록과 보유》

우리가 아무리 외면하고 거부해도 세월의 흐름이 멈출 수는 없다. 결국 저마다 왔던 곳으로 되돌아간다.

생성하고 소멸하는 우주의 이치 속에 우리가 견지해야 할 것이 있다. 사람은 서로 다른 작은 우주라는 것이다. 그렇기에

서로를 존중하고 경외해야 한다.

우리는 작은 것 때문에 다른 사람을 불신하고 미워할 때가 있다. 쇼펜하우어의 말처럼 나이가 들수록 침착하게, 좀 더 느긋하게 우주의 이치에 따라야 할 것이다.

양평의 팔당댐 양수리 두물머리.

다양한 지식으로 얻는
기쁨

생활에 쫓겨 악착같이 살지 마라. 미래를 내다보며 분별 있는 삶을 살도록 하라. 휴식 없는 인생만큼 괴로운 것도 없다. 그것은 여관에 묵지 않고 여행을 계속하는 것과 같다.

아르헨티나 모레노.

다양한 지식은 인생에 기쁨을 가져다준다. 훌륭한 인생을 살려면 무엇보다 먼저 책을 통해 지난 시대의 사람들과 대화하는 게 좋다. 사람은 지성을 키우고 자신을 알리기 위해 이 세상에 태어났다. 책은 사람을 사람답게 만들어주는 성실한 길잡이다.

그다음으로 해야 할 일은 동시대를 함께 살아가는 사람들과 대화하는 것이다. 책을 통해 이 세상에 살아 있는 모든 것에 관심을 기울여라.

마지막으로 해야 할 일은 자신과의 대화다. 철학적인 사색을 즐기는 것은 이 세상에서 가장 큰 기쁨이다.

- 쇼펜하우어 편역, 《세상을 보는 지혜(Handorakel und Kunst der Weltklugheit)》

눈앞의 일에 매달려 악착같이 살지 말고 책을 통해 다양한 지식을 쌓으라고 한다. 책을 읽어 지식을 쌓아야 사람다워지고 삶이 기쁘다는 것이다.

우리나라 옛 선비들의 삶을 지탱한 것도 책이었다. 아침에 눈 뜨자마자 책을 읽고 밤에 잠을 자기 전에도 책을 읽는, 그야말로 책에 살고 죽는 것이 선비의 본분이었다.

그런 선비들에게는 간절한 바람이 있었다. 방에 틀어박혀 책만 읽어서인지 산으로 놀러 다니는 것이 오랜 꿈이었다. 그래서 유산여독서(遊山如讀書)라는 말이 나왔다. '명산 유람은 좋은 책을 읽는 것과 같다'는 뜻이다. 바꿔 말하면 좋은 책을 읽는 것은 명산 유람과 같다.

집에서 나가기만 하면 세상이 온통 꽃이다. 이 꽃 저 꽃이 다 책이다. 어떤 책을 읽을 것인가. 마음이 가는 대로 책을 골라 읽으면 된다. 그 뜻은 바람결에 전해 오는 꽃향기가 될 것이다.

어떻게 섭취할 것인가. 자신이 소화할 만큼만 취하라. 책 내용을 받아들이는 것 또한 각자의 몫이다.

결국
나를 위해 산다

인생 전반기의 주요 특징이 충족되지 않은 행복에 대한 갈망이라면, 후반기의 특징은 불행에 대한 두려움이다. 누구나 인생 후반기에 접어들면 온갖 행복은 환상과 같은 반면, 괴로움이 실재한다는 사실을 분명히 깨닫기 때문이다.

그에 따라 신중한 사람들은 향락을 추구하기보다 고통이 없는 상태를 확고히 하려 한다. 노년기에는 불행을 잘 막을 수 있고, 청년기에는 불행을 잘 견딜 수 있다.

나는 젊은 시절에 문간에서 초인종이 울리면 '아, 무슨 좋은 일이 있으려나?' 하고 기뻐했지만, 늙어서 초인종 소리가 들리면 '이런, 어떡하지?' 하고 기쁨보다는 두려움을 느끼게 되었다.

-《여록과 보유》

매일 일터로 나가 노동하며 사는 평범한 사람, 세상을 쥐었다 놓았다 할 것처럼 권세를 가진 사람, 세상의 이치를 다 알아버린 듯한 철학자, 그 누구든 피할 수 없는 것이 있다. 그것은 세월이 흐름에 따라 늙는 것, 소리 소문도 없이 찾아오는 병, 그리고 죽음이다. 목숨을 가진 모든 생명체의 피할 수 없는 숙명이다.

그런데 좀 살 만하다고 생각하는 사람들은 조금이라도 삶을 연장하기 위해 별의별 방법을 다 동원한다. 그와 달리 살기가 힘들어 스스로 삶을 마감하는 사람들도 있다. 사람은 저마다 다르고, 저마다 다른 순간에 세상에 왔다가 간다.

분명한 것은 이 세상에 나라는 '자기 자신'과 너라는 '타인'이 있는데, 타인을 위해 산다고 말하는 사람도 결국 자기 자신을 위해 살다가 간다는 사실이다.

충북 보은 선병국 가옥.

늙음을
두려워 말라

호수에 핀 백련.

청년기와 노년기의 차이는 청년기는 앞날에 삶이 있고, 노년기는 앞날에 죽음이 있다는 데 있다. 청년기가 짧은 과거와 긴 미래를 갖고 있는 데 비해 노년기는 그 반대로 긴 과거와 짧은 미래를 갖고 있다. 나이가 많으면 앞에 죽음이 기다리고 있을 뿐이지만, 어리면 앞에 삶이 기다린다.

그런데 둘 중에 어느 쪽이 위태로울까? 전체적으로 볼 때 삶이 앞에 있는 것보다 뒤에 있는 것이 낫지 않을까? (……)

어쨌든 너무 오래 살려고 하는 것은 터무니없는 바람이다. 스페인에는 '목숨이 길면 재앙도 많다'라는 속담이 있을 정도다.

-《여록과 보유》

셰익스피어의《로미오와 줄리엣》제3막 5장에는 다음과 같은 글이 실려 있다.

"아, 노인은 죽은 자처럼 느릿느릿 답답하고 창백하고 둔중하다."

쇼펜하우어나 셰익스피어가 살았던 시대의 노인과 지금의 노인은 분명 다르다. 지금은 여러 형태로 노후가 준비되어 있기도 하고, 나라에서 노인 복지에 신경 쓰기 때문에 예전과 다르다. 하지만 살고 죽는 것만큼은 그 누구도 피해 갈 수가 없다.

나이가 들어 좋은 점도 분명히 있다. 호라티우스에 따르면 '무슨 일에나 놀라지 않아' 좋다. 그의 말대로라면 나이가 들면 모든 것을 경험했고 초월했기 때문에 그 어떤 일이 벌어져도 놀라지 않을 것이다. 하지만 그것은 단지 추측일 뿐이다. 나이가 들었다고 모든 사람이 자기 자신과 세상일에 초연하는 것은 아니다.

사람의 삶과 죽음에 대해 쇼펜하우어는 다음과 같이 매듭을 짓는다.

"모든 사람은 죽음의 나라에서 파견되고, 살아 있는 모든 것은 그곳이 고향이다."

그렇다. 그렇다면 우리가 살다가 죽는 것이 마땅하다. 장자 또한 다음과 같이 말한다.

"삶을 좋아함은 미혹이 아니겠는가. 또한 죽음을 싫어함은 어려서 고향을 떠났다가 돌아갈 길을 모르는 것과 같은 일이 아니겠는가."

그렇다면 우리가 죽음을 싫어할 하등의 이유가 없다. 우리는 왔던 곳, 즉 고향으로 돌아가는 것일 뿐이니까.

"달게 먹어 보양해도 이 몸은 반드시 무너지고, 좋은 옷을

입어 지켜도 목숨은 반드시 끝나리라."

원효의 말이다. 남녀노소를 막론하고 왔던 곳으로 간다. 태어나는 데에는 순서가 있지만, 가는 것에는 순서가 없다.

고대 로마의 사상가 세네카도 자신의 《서간집》에서 이렇게 한탄했다.

"사람들은 얼마나 고결하게 사느냐에는 관심을 두지 않고, 얼마나 오래 사느냐를 염려한다. 고결하게 사는 것은 자기 능력으로 가능하지만, 오래 사는 것은 능력 밖의 일인데도 말이다."

살아 있는 한 어떻게 사는 게 가장 잘 사는 것일까?

다른 방법이 없다. 순간순간 열심히, 그리고 소신껏 살 것. 그것뿐이지 않을까?

관점에 따라
다른 행복

인간의 행복한 상태는 멀리서 보면 무척 아름다운 숲과 같다. 숲에 가까이 다가가 안에 들어가면 아름다움은 사라져버린다.

우리는 조금 전의 그 아름다움이 어디 있는지 알지 못한다. 주위를 둘러싸고 있는 것은 나무뿐이기 때문이다. 우리는 종종 그런 식으로 다른 사람의 입장을 부러워한다.

-《여록과 보유》

살다 보면 쓸데없는 일에 정신과 시간을 낭비할 때가 있다. 나하고 상관없는 일에 괜히 열 내고, 남의 행복을 부러워하거나 질투한다. 많은 사람이 그런 반응을 보인다. 소수의 사람만이 자신의 문제를 고민하고, 남의 큰 떡에 관심을 두지 않고 세상을 초연하게 살아간다.

경북 영천의 거조암 나한들.

사람은 저마다 살아가는 방법이 다르다. 저마다 사랑하는 방식도 다르다. 저마다 슬픔도 기쁨도 다르다. 남들과 다르게 사는 것, 그것이 잘 사는 것이다. 그런데 다른 사람과 다르게 사는 이를 보면 곱지 않은 시선을 보내거나 비웃는 사람이 많다.

"나는 술이나 마시고 꽃이나 뿌리련다. 누가 나를 미치광이로 본들 상관있나"라고 한 고대 로마의 시인 호라티우스는 어떤가. 그는 건강에 좋은 숲속을 묵묵히 거닐며, 현자와 선인의 관심을 끌 가치 있는 문제를 사색하며 사는 것을 지상의 행복으로 보았다.

이렇게 살아가는 것이 그다지도 어려운 일일까?

진정한 지식과
삶의 기술

충남 온양 외암리 민속마을.

실용적인 지식을 습득하라. 모든 것은 추측이 아니라 실제 행동으로 이루어진다.

대개 현자라고 하는 사람들이 잘 속는다. 그들은 특별한 지식을 지녔어도 일상생활에 필요한 것은 전혀 모른다. 고상한 것들만 사색하고 있으면 세상일과 멀어진다. 다른 사람들이 잘 알고 있는, 살아가는 데 필수적인 것들을 모르기 때문에 세상 사람들은 경악을 금치 못하거나 무식하다고 여긴다. 현자도 남들에게 속거나 조롱당하지 않으려면 실용적인 지식을 지녀야 한다.

어떻게 일을 처리하는지 알아두어라. 인생에서 가장 소중하지 않을지는 몰라도 가장 필요한 것이 실용적인 지식이다. 지식이 실생활에 쓸모없다면 무슨 소용이 있겠는가? 오늘날의 진정한 지식은 어떻게 살아야 하는지 아는 것이다.

- 쇼펜하우어 편역, 《세상을 보는 지혜》

세상을 살아가는 기술에 등급이 있다면 나는 도대체 몇 급이나 될까? 단은 꿈도 못 꾸고, 9급이나 8급쯤 될까? 그것도 언감생심, 등외를 받을지도 모르겠다. 하여간 세상을 살아가는 데 참으로 한심한 사람이 나일지도 모른다.

그런데 가끔 나보다 더 벽창호 같은 사람을 만날 때가 있다. 지독한 가난을 체험한 것도 아니고 큰 고통과 절망의 세월을 보낸 것도 아닌 사람들, 그들의 살아가는 내력, 그들의 품은 생각을 들여다보면 마치 어린아이나 다름없는 모습을 보게 된다. 그것도 순수하다면 봐줄 수가 있는데, 순수하지 못하면서 철부지 악동 같을 때는 그렇게 한심할 수가 없다.

쇼펜하우어가 소개한 글에서 현자도 그럴진대, 자기만 잘났다고 생각하는 사람들은 말해서 무엇 하랴.

그렇다면 이 세상을 사는 데 가장 필요한 덕목은 무엇일까?

어떤 사람은 '성실'이라고 하고, 어떤 사람은 '겸손'이라고 하고, 또 어떤 사람은 '진정성'이라고 한다. 어느 것이 정답인지는 모르겠지만, 자연과 인간에 대한 '예의'도 그중 하나일 것이다.

남을 배려하고 자신을 조금이라도 낮추는 일, 그보다 더 중요한 게 하나 있다. 그것은 다산 정약용의 좌우명이 잘 말해준다.

"겨울 냇물을 건너듯 네 이웃을 두려워하라."

가슴에 새기고 새기며 살아야겠다.

행복은 마음먹기에 달렸다

우리 삶은 현미경으로만 볼 수 있는 아주 작은 점과 같다. 우리는 그 점을 시간과 공간이라는 두 개의 강력한 렌즈로 확대해 엄청나게 큰 것으로 보고 있다. 시간은 그 지속성으로 사물과 우리 자신이라는 '극단적으로 공허한 존재'가 실재한다는 허상을 주기 위한, 우리 뇌에 들어 있는 한 요소이다.

사람이 과거에 이런저런 행복이나 향락을 즐길 기회를 놓쳤다고 한탄하는 것은 얼마나 어리석은가! 그것을 가졌다고 한들 지금 무엇이 남아 있겠는가? 말라빠진 미라만 기억 속에 남아 있을 게 아닌가! 우리에게 주어진 것은 모두 이렇게 된다. 따라서 '시간의 방식' 자체는 우리에게 세상의 모든 향락이 허망하다는 것을 깨닫게 하는 수단이다.

-《여록과 보유》

사람들에게 '인생 최고의 가치'가 무엇이라 생각하느냐고 물어 보면 '행복'이라는 대답을 어렵지 않게 들을 수 있다. 그렇다면 행복이란 도대체 무엇일까?

아리스토텔레스는 "최대의 행복은 소망을 이룬 행위로, 실력에서 생기는 작용이다"라고 했고, "인간의 행복은 자신의 뛰어난 능력을 거리낌 없이 행사할 수 있는 데서 이루어진다"라고도 했다. 소포클레스는 《안티고네》에서 "행복의 첫째 조건은 분별력에 있다"라고 했고, 《아이아스》에서 "아무 생각 없이 사는 것이 가장 행복한 삶이다"라고 했다.

브라질의 이과수폭포.

하지만 다른 견해를 가진 사람도 있다. 볼테르는 “행복은 꿈에 지나지 않으며 고통이 현실이다”라고 했다.

‘어떻게 사느냐’가 중요하지만, ‘어떻게 생각하느냐’는 더 중요하다. 행복이나 근심이 아주 가까운 곳에서 똑같이 다가오려 하는데, 행복을 보고 끌어안는 사람도 있고, 습관이 되어 슬픔이나 근심을 먼저 보고 끌어안는 사람도 있다.

지금이라도 행복에 관심을 기울이면 조금이라도 더 행복해지지 않을까?

만족을 모르는 사람들

우리 삶의 장면들은 거친 모자이크 그림과 같다. 가까이서 보면 아무런 매력이 없고, 멀리서 바라보아야 아름다움을 느낄 수 있다. 그래서 우리는 간절히 원했던 것을 얻으면 이내 공허함을 느끼고 더 나은 것을 기대하거나 지난 일을 그리워한다. 현재는 단지 일시적인 것으로 받아들이고, 목적을 달성하기 위한 수단으로만 여긴다.

그 때문에 사람들 대부분이 말년에 이르러 평생 임시방편으로 살아왔음을 알게 되고, 눈치채지 못하고 즐기지도 못한 채 그냥 흘려보낸 게 자신들이 기대했던 삶이었음을 깨닫고는 놀라게 될 것이다. 그래서 사람은 대개 희망에 속다가 죽음의 품속에서 춤추게 마련이다.

-《여록과 보유》

어떻게 살아야 잘 사는 것인가? 이 세상에 살고 있는 그 누구도 확실하게 알지 못할 것이다.

이 세상에서의 나날이 많이 남았다고 느긋하게 사는 사람과 언제 종말이 다가올지 모른다고 치열하게 순간순간을 보내는 사람, 그 둘 가운데 과연 어느 쪽 생각이 맞아떨어질지 알 수가 없다. 중요한 것은 한 개인의 삶이건 대중의 삶이건 저마다 굴곡이 있고, 삶의 방식이 순간순간 변화한다는 사실이다.

똑같은 일인데도 가깝고 먼 정도에 따라 전혀 다르게 여겨지는 것은 순전히 우리 마음 탓이다.

이렇게 살아도 저렇게 살아도 기쁨에 찬 행복보다는 슬픔에 찬 불행이 더 가깝게 느껴지는 것이 인간의 삶이다. 그래서 우리는 순간순간 스쳐 지나가는 것들에 연연하는지도 모른다.

고상하게
산다는 것

혼자 고상하게 사느니 차라리 모두와 함께 바보가 되는 게 낫다. 모두가 어리석으면 함께 어리석게 행동하는 것이 마음 편하다. 혼자 분별력 있게 행동한다면 이상한 사람으로 취급당하기 쉽다. 세상의 흐름대로 사는 게 중요하다. 때로는 어리석은 척하는 것이 가장 좋은 지혜이다. 우리는 다른 사람과 함께 살아야 하며, 세상 사람 대다수는 어리석기 때문이다.

'혼자 살려면 아주 경건하거나 완전한 야만인이어야 한다.' 하지만 나는 이 격언을 바꾸어 이렇게 말하고 싶다. '혼자 고상하게 사는 것보다 여럿이 함께 어리석게 사는 것이 낫다.'

어떤 사람은 터무니없는 망상을 추구하며 혼자 고고하게 살기를 원한다.

- 쇼펜하우어 편역, 《세상을 보는 지혜》

경북 안동 하회마을의 농부.

어린 시절부터 가슴에 품었던 꿈 중 하나가 '고상하게' 살고 싶다는 것이었다. 어떻게 사는 것이 고상하게 사는 것일까?

"지조(志操)가 높고 깨끗하며 몸가짐이 점잖고 맑아 속된 것에 굽히거나 휩쓸리지 아니함." "학문이나 예술 같은 것이 정도가 높고 깊어 저속(低俗)하지 아니함."

《국어사전》에 실린 그 깊고 높은 의미도 모르면서 고상한 삶을 꿈꾸었다. 노래도 삿된 노래는 부르지 않았고, 삿된 장소에도 되도록 가지 않으려 했다.

경남 산청군 단성면 남사리의 회화나무.

그러다 보니 세상의 한 면만 보고서 벽창호처럼 살지 않았는가 하는 자괴감에 사로잡힐 때도 있고, 가끔씩은 너무 닫힌 삶을 살았구나 하는 생각도 든다.

그렇다면 '고상하다'는 것을 사람들은 어떻게 보았을까?

"고상하다는 것이 무엇입니까? 그것은 스스로를 꾸미지 않는 것입니다."

프랑스의 산문작가 장 그르니에의 말이다. 그 말에 십분 동의한다. 바꾸어 말하면 '있는 그대로가 아름답다'는 것이다. 하지만 오늘날 꾸미지 않고 살면 삶이 얼마나 버거운지 알기 때문에 학력을 꾸미고, 얼굴과 온몸을 꾸미고 경력까지 꾸미다가 우세를 사기도 하고, 그것 때문에 오히려 잘 사는 사람도 많다.

어느 순간 문을 꼭 닫고 살았던 삶을 벗어나고자 그 문을 열고 나가 많은 길과 많은 사람을 만났다. 그렇게 사는 것이 그다지 어색하지 않은 것은 내가 세상에 동화되었기 때문인가? 아니면 그 고상함을 버리고 속된 세상에 물들었기 때문인가?

그것은 알 수 없지만, 마음이 가뿐하면서도 가끔 쓸쓸한 것은 내 안에 두 개의 자신이 있기 때문일 것이다.

어리석음을
끝낼 수 있는 방법

사람들이 두루 가진 어리석음을 끝낼 수 있는 유일한 방법은 어리석은 사실을 분명하게 아는 것이다. 그것은 사람의 머릿속에 든 대부분의 견해가 거짓되고, 비뚤어지고, 사실에 어긋나고, 터무니없어 주의를 기울일 가치가 없음을 인식함으로써 이루어질 수 있다.

어리석은 사람의 견해는 우리 삶에 실질적이고 긍정적인 영향을 미치지 못한다.

-《여록과 보유》

사람은 이 세상에 태어나 다른 사람을 수없이 만난다. 그러고도 더 소중한 사람을 찾는 일에 일생을 허비한다. 어떤 사람은 운명적인 사람을 만나 자신의 길을 한 치의 오차 없이 가기도 하지만, 대부분의 사람은 그런 사람을 만나지 못하고 길에서 길을 묻고, 길에서 사람을 찾는다.

그런 사람이 바로 고대 그리스의 철학자 엠페도클레스였다. 그는 다른 사람의 지성에 의심을 품었다. 환한 대낮에 등불을 켜고 돌아다니는 엠페도클레스를 보고 그 까닭을 사람들이 물었고, 그는 다음과 같이 대답했다.

"나는 정신이 똑바로 박인 사람을 찾고 있다."

어쩌면 인간은 모두가 이 세상에 태어나 등불을 들고 자신에게 필요한 사람을 찾는 나그네인지도 모른다. 그러나 세상을 다 돌아다녀도 자신이 찾고자 했던 사람은 그리 많지 않을 것이다.

목표를 조금 낮추고 서로 마음을 나누고 기대며 살아가는 것, 그것이 인간의 삶이다. 하지만 나 아닌 타인을 존중하고 이해할 때 새로운 관계가 정립되는 것은 아닐까?

타인은 나를 비추는 거울이다

사람은 다른 사람 안에 있는 거울을 통해 자기 모습을 비춰 본다.

쇼펜하우어의 명언이다. 과연 그렇다. 그 말이 맞다. 그렇다면 지금 나의 진정한 모습은 무엇인가?

몸이 보리수라면 마음은 맑은 거울.
때때로 부지런히 닦아 먼지가 끼지 않게 하라.

《육조단경》에서 북종의 창시자인 신수(神秀)는 이렇게 말했는데, 남종의 창시자인 혜능(慧能)은 또 이렇게 세상 사람들에게 자신의 입장을 밝혔다.

보리는 본래 나무가 아니며 맑은 거울 또한 받침대가 없다.

본래 아무것도 없는데 어디서 먼지가 일어나느냐.

거울 속에 비친 사물을 두고도 느끼는 것은 저마다 다르다. 그래서 고대 로마의 사상가 세네카는 다음과 같이 말했을 것이다.

"하나하나의 물방울은 하나하나의 거울이다."

그 많은 물방울이 다 다른 형태의 거울이라니 이 얼마나 놀라운 일인가?

경북 울진군 기성면 망양리 바닷가.

불행에 맞서 싸우려면 조언을 구하라

모르는 것은 아는 사람에게 물어보라. 이 세상을 살아가기 위해서는 자기 것이든 남의 것이든 지혜가 필요하다. 하지만 많은 사람이 자신이 무지한 줄 모르며, 모르는데도 안다고 착각한다. 어리석은

중국의 실크로드에서.

병에 걸리면 치료 약이 없다.

무지한 사람은 자신을 알지 못하기 때문에 자신에게 부족한 게 무엇인지 알아보려 하지 않는다. 어떤 사람의 경우, 이미 자신이 현자라고 믿지 않았다면 앞으로 현자가 될 것이다. 현자는 드문데, 아무도 그들을 찾지 않으니 모두 한가하다.

조언을 구한다고 해서 자신의 위대함이 줄어드는 게 아니다. 다른 사람이 자신의 재능을 의심하지도 않는다. 오히려 자신의 명성을 높여줄 것이다. 불행에 맞서 싸우려 한다면 이성을 가지고 조언을 구하라.

- 쇼펜하우어 편역, 《세상을 보는 지혜》

"아는 길도 물어 가라"라는 속담이 있다. 어설프게 아는 것은 그만큼 폐해가 많으니 확실하게 물어서 가야 한다는 말이다.

"알아야 면장이다."

이 말도 맞는 말이다. 어느 지역을 가든 그곳에 오래 살았던 사람이 그 지역을 잘 알기 때문에, 모르면 면장에게 물어서 가야 한다는 말이다.

잘 알지도 못하면서, 그렇다고 지혜롭지도 않으면서 스스로의 감이나 고집만 가지고 길을 가거나 일을 하다 보면 낭패를 보는 경우가 허다하다.

어리석은 사람은 입만 열면 어리석은 말이 쏟아져 나온다. 가만히 있으면 중간이라도 가는데, 그것마저 참아내지 못하고 어리석은 말을 멈추지 않고 쏟아낸다.

"노새가 여행을 떠났다고 해서 말이 되어 돌아오지는 않는다"라는 서양 속담이 있다. 그래서 '노는 물이 좋아야 한다'라는 말이 있고, '유유상종'이라는 말도 있다.

어차피 한세상 사는 것, 지혜로운 사람들과 만나며 사는 것이 잘 사는 지름길이다. 돈이나 권력으로 살 수 없는 것이 좋은 사람을 만나며 사는 것이다.

다른 사람이 좋아하는 것을 비난하지 마라

사람들에게 인기 있는 것을 혼자 비난하지 마라. 많은 사람을 기쁘게 하고, 자신은 이해할 수 없어도 즐거움을 주는 것에는 분명 좋은 점이 있다.

혼자 별난 행동을 하면 반드시 남들에게 미움을 받게 된다. 잘못되면 우스꽝스러워진다. 많은 사람이 좋아하는 것을 비웃으면 자신도 비웃음을 사고, 자신의 다른 취향만 남들에게 보인 채 혼자가 된다.

좋은 점이 무엇인지 파악할 능력이 없다면 자신의 둔감함을 숨기고 전체를 싸잡아 비난하지 마라. 나쁜 취향은 대개 무지에서 비롯된다. 모든 사람이 좋아하는 것이 정말 좋은 것이거나, 좋은 것일 가능성이 높다.

- 쇼펜하우어 편역, 《세상을 보는 지혜》

경북 상주의 옛집 담장에 핀 더덕꽃.

1980년대 초반, 대학교 부근에서 카페를 운영할 때의 일이다. 나는 일찍부터 클래식을 좋아해 클래식 음반을 많이 보유하고 있었고, 값이 제법 나갔던 롯데 파이오니아 전축을 장만하고서 음악은 클래식 위주로 내보냈다.

지금도 겨울이 되면 아련하게 떠오르는 추억이 있다. 아침에 커피포트 세 개에다가 원두커피를 내려 놓고 잠시 밖에 나갔다가 들어올 때, 멘델스존의 〈바이올린 협주곡 마단조〉나 베토벤의 〈장송행진곡〉, 브람스의 〈피아노 협주곡〉 또는 그 아름답고 쓸쓸한 가을이 한꺼번에 밀려오는 듯한 브람스 〈교향곡 4번〉

이 들려왔다. 그와 함께 커피 향이 파도처럼 밀려와 가슴속으로 스며들면 나른하면서도 꿈꾸는 듯한 기분이 들었다. 하루 일을 시작해 끝마칠 때까지 내가 근무하는 한 카페에는 항상 클래식 선율이 흘렀다.

그러나 내가 잠시 어디로 출타하다가 무슨 일 때문에 다시 카페에 돌아오면 음악이 흘러간 팝송이나 가요로 바뀌어져 있는 경우가 태반이었다. 종업원들이 음악을 바꾼 것이다. 그들의 취향이 나하고 다른 것을 탓할 수 없어 그저 가만히 문을 열고 나오던 그 시절, 지금 생각해보면 내가 너무 닫힌 삶을 살지 않았는가 싶다.

꽉 막힌 삶을 살기는 지금도 마찬가지인 것 같다. 그래서 내가 좋아하지 않는 것들에 대해서는 쓸데없이 투덜거리고 못마땅해한다. 그러다 보니 좋아하는 TV 프로그램이나 연예인도 거의 없이 지내고 있다.

나같이 사는 사람, 꽉 막힌 벽창호는 아닌 것 같지만 벽창호나 다름없는 사람들을 위해 쇼펜하우어가 나직한 목소리로 충고하고 있다.

남들은 내가 좋아하는 것을 똑같이 좋아할 수 있지만, 싫어할 수도 있다. 내가 싫어하는 것을 남들이 좋아하는 경우도 많다. 저마다 기호와 취미가 다르다. 그래서 남들을 다른 별에서 온 것처럼 치부하고, 먼 산 보듯, 소가 닭 보듯 사는 경우가 많다.

이 세상에는 서로 다른 것이 공존하고, 사람들이 더불어 살아간다. 그것을 인정해야 사는 것이 편하다고 한다. 하지만 '참을 수 없는 존재의 가벼움'처럼 세상 사람들이 너무 가벼워지고 속되어 간다고 생각하며 가끔 속으로 개탄하는 것은 비단 나뿐만은 아닐 것이다.

이렇게 가벼워지고 가벼워진다면 우리가 가야 할 마지막 지점과 시간에는 솜털처럼 가벼워져 어디로 날아갔는지도 모르지 않을까? 한 존재가 왔다가 사라졌는지도 모르게, 그렇게.

경남 산청군 단성면 남사리 최부잣집 담장

다른 사람에게
속지 않으려면

사람을 섣불리 판단하지 마라. 섣부른 판단은 그 사람에게 속기 쉬운 최악의 길이다. 물건이라면 품질에 속는 것보다 가격에 속는

아르헨티나 모레노 빙하의 절경.

것이 더 낫다. 사람보다 더 꼼꼼히 따져볼 것은 없다. 사람을 아는 것은 사물을 이해하는 것과 차원이 다르다. 다른 사람의 기질을 간파하고 진심과 유머를 구별하는 것은 훌륭한 기술이다. 인간 본성은 그 어떤 책보다도 깊이 연구되어야 한다.

- 쇼펜하우어 편역, 《세상을 보는 지혜》

세상에는 여러 부류의 사람들이 다 같이 섞여 살고 있다. 우스갯소리 잘하고, 진반농반(眞半弄半)의 말을 섞어 쓰는 연사를 더 좋아하고, 목소리 좋고 얼굴 잘생긴 연사를 선호하는 곳이 교

회나 절만일까.

학문, 그중에서 인문학도 그렇다. 수많은 책을 마치 잘 차려놓은 성찬처럼 온 영혼을 불살라 게걸스럽게 먹은 것도 아니고, 자기 계발서를 쓰던 사람들이 조금씩 섭렵하고서 인문학을 논하는 것이 오늘의 현실이다. 마찬가지로 문학도 시인도 그렇다. 여기저기 사이비가 넘쳐나는 시대에 제대로 된 사람을 만나보기가 참 어렵다.

내 보니 남을 속이는 놈들
바구니에 물 담아 달리는 것 같네.
단숨에 가지고 집에 돌아가 봤자
바구니 안에 어찌 남아 있겠는가.
내 보니 남에게 속는 사람들
모두 남새밭에 자라는 부추 같네.
날마다 칼로 베어 내어도
천성인 듯 다시 스스로 자라네.

당나라 시인 한산자(寒山子)의 시 〈아견(我見)〉이 어찌 그리 절묘한지. 속고 속이는 인간 세상을 잘 그려 놓았다.

"거짓말을 한 그 순간부터 뛰어난 기억력이 필요하게 된다."

프랑스 극작가 코르네이유의 말을 빌리지 않더라도 다른 사람을 속이는 것은 보통 어려운 일이 아니다.

그런데도 사람을 속이는 사람이 계속 생겨나고, 속는 사람도 베어도 베어도 자라나는 부추처럼 계속 나온다. 속는 놈 있으니 속이는 놈 있다. 바꿔 말하면, 속이는 놈 있으니 속는 놈 있다. 그게 인류의 역사라면 얼마나 가슴 아픈 일인가?

그래서 예로부터 선지자들은 사람 사귀는 것이 얼마나 중요한지 역설했다.

한 치도 알 수 없는 것이 사람의 마음이고 길이다.

"길에서 길을 묻고, 물에서 물을 묻고, 마음 안에서 마음을 묻는다."

이 말 밖에 달리 정답이 없다.

경북 영덕의 창포말 등대.

명예와 부는
한 자루에 담을 수 없다

세상에는 두 부류의 저술가가 있다. 다루는 주제를 위해 쓰는 사람과 쓰기 위해 쓰는 사람이다. 전자는 전달할 생각이나 경험을 지닌 반면, 후자는 돈이 필요해 글을 쓴다.

후자에 속하는 사람들은 글을 쓰기 위해 생각하고, 생각을 최대한 길게 늘어놓는다. 반쯤 사실이고, 왜곡되고, 억지스럽고, 갈팡질팡하는 생각을 전개한다. 그리고 회피하기 좋아해 자기들이 그렇지 않은 것처럼 꾸민다. 그렇기에 그들의 글은 확실하지도 않고 명료하지도 않다. 결국 우리는 그들이 쪽수를 채우기 위해 글을 쓴다는 사실을 알아차린다. 최고라고 하는 작가들, 이를테면 레싱의 《연극론》 일부와 심지어 장 파울의 많은 소설도 마찬가지이다.

독자가 그런 사실을 알았을 때는 책을 던져버려야 한다. 시간은 소중하기 때문이다. 사실 쪽수를 채우기 위해 글을 쓰는 저술가는 글을 쓰는 그 순간부터 독자를 속이는 것이다. 독자에게 전할 무언가가 있어 글을 쓴다는 것은 핑계에 불과하다.

돈과 저작권을 위해 글을 쓰는 것은 결국 저작물을 파멸로 이끈다. 가치 있는 글을 쓰는 사람은 오로지 주제를 위해 글을 쓰는 사람뿐이다. 저작물의 모든 분야에서 단 몇 권의 훌륭한 책만 있어도 얼마나 유익하겠는가! 글을 써서 돈을 버는 한 이런 일은 결코 일어날 수 없다. 모든 저술가가 돈을 위해서라면 어떤 식으로든 글을 써, 마치 돈에 저주가 붙은 것처럼 보이기 때문이다. 위대한 인물들의 최고 작품은 모두 무보수나 아주 적은 보수로 글을 써야 했던 시절에 나왔다. 이는 스페인 속담 "명예와 부는 한 자루에 담을 수 없다"에서도 확인할 수 있다.

오늘날 독일과 그 밖의 나라에서 개탄스러운 것은 돈을 벌기 위해 책을 쓴다는 사실이다. 돈이 필요한 사람은 누구나 책상 앞에 앉아 책을 저술하고, 대중은 그 책을 살 만큼 어리석다. 이것의 부수적인 폐해는 언어가 엉망이 되어버리는 것이다.

수많은 저질 저술가는 이제 막 인쇄된 것만 읽는 어리석은 대중 덕분에 자신의 삶을 이어간다. 그들이 소위 저널리스트이고, 다른 말로 하면 '날품팔이'가 될 것이다.

-《여록과 보유》

충남 태안의 서해랑길에서.

한때 세상을 놀라게 했던 일들도 시간의 흐름 속에 잠잠해지기도 하고, 수면 아래 깊숙한 곳에 숨어 있다가 다시 나타나기도 한다. 작가의 표절과 출판사의 베스트셀러 조작 문제가 바로 그렇다. 출판사와 작가, 그리고 평론가들의 공생 관계는 어제 오늘 일이 아니다.

예나 지금이나 글을 써서 먹고사는 것은 쉽지 않다. 우리나라 작가들 중 인세 수입으로 살아가는 사람은 사실 손가락으로 꼽을 정도밖에 되지 않는다. 쇼펜하우어가 살았던 시대나 지금이나 달라진 것이 별로 없다. 출판계의 폐단은 근절되지 않고 오늘날까지 이어지고 있다.

작가, 출판업자, 평론가의 머리가 지능적으로 발달해 많은 사람을 속이고, 독자들이 속았다고 생각하며 혀를 차게 만드는 것은 무슨 까닭인가? 돈, 돈 때문이다. 더 많은 돈에 홀린 사람들이 불나방이 불에 뛰어드는 것처럼 이렇게 저렇게 설치고 있다.

사람들은 보통의 물건을 사고파는 '장사'는 원래 그렇다고 친다. 하지만 대부분의 사람이 예외로 치고 싶은 것이 있다. 세상의 빛과 소금이라고 여겨지는 출판사와 평론가와 작가들을 그렇게 보고자 한다.

그런데 그 예외의 것이 돈과 허영이 만들어낸 상업 카르텔 앞에서 속수무책으로 무너지면서 본래의 의미가 퇴색하고 말았다. 쇼펜하우어의 글과 같이 저널리스트, 날품팔이 같은 사람들이 명망을 떨치면서 신흥 귀족처럼 행세하는 탓이다.

그 옛날 지조 높은 사람들은 어떻게 살았는가? 그들은 그 어떤 것에도 머리 숙이지 않고 소신 있는 삶을 살다가 갔다.

"우리가 단지 이틀밖에 살지 못한다고 해도 그 이틀을 아니꼬운 놈들에게 허리를 굽히며 지낼 수는 없다."

프랑스 철학자인 볼테르의 말이다. 이 말은 우리나라 속담인 "모래밭에 쎄(혀)를 박고 죽을지언정 그렇게는 안 살겠다"는 말과 같은 의미를 담고 있다. 그만큼 명분을 중시했고, 돈은 필요하기는 했지만 그리 욕심내지 않았다.

조금만 지나고 나면 별것도 아닌 돈에 정신을 놓고 살다 보니 이런저런 불미스러운 일이 끊임없이 일어나고 있으니, 이를 어쩐다!

삶은 단지
현재에 충실하는 것

우리가 자신의 인생행로를 회고할 때 미로처럼 헷갈리는 길에서 실패와 불행이 찾아온 많은 지점을 보게 되면 지나치게 자책하기 쉽다. 그 인생행로는 자신이 전부 만든 게 아니라 일련의 일들과 자신의 결정이라는 두 가지 요소의 산물이며, 이 두 요소는 끊임없이 서로 영향을 주고받으며 변화한다. 게다가 우리는 시야가 제한적이고, 어떤 결정을 내릴지 미리 알 수 없으며, 미래 일들이 어떻게 진행될지 예측할 수도 없다. 우리가 아는 것은 현재의 계획과 일에 철저히 한정되어 있다.

따라서 우리는 목적지가 멀리 있는 한 그쪽을 향해 똑바로 나아갈 수 없고, 어림짐작으로 방향을 잡는 것으로 만족해야 한다. 그리고 자신이 결정한 방향으로 가는 도중에 종종 방향을 바꾸기도 할 것이다. 우리가 할 수 있는 일은 이따금 자신이 처한 상황에

중국 사천성의 야딩 샹그릴라.

맞게 결정을 내리고 최종 목적지를 향해 한 걸음 더 다가가기를 바라는 것뿐이다.

우리가 서 있는 위치와 우리가 목표로 삼는 대상은 서로 다른 방향에서 다른 세기로 작용하는 두 힘에 비유할 수 있다. 그리고 거기에서 생겨나는 대각선이 우리 인생행로다.

-《여록과 보유》

젊은 시절에 나 자신에게 물었다. 삶이란 무엇인가? 어떻게 살아야 하는가? 스스로 그 대답을 찾을 수 없었다. 내 딴에 알 만한 사람들에게 물어도 속 시원한 대답을 듣지 못했다.

그렇게 묻고 또 물으며 많은 세월을 보냈다. 나는 지금도 길에서 길을 묻는다.

하지만 조금은 알겠다. 한 치 앞을 내다볼 수 없는 것이 삶이다. 살아도 살아도 알 수 없고, 다만 그때그때 주어진 상황에 순응하는 것이 삶이다.

삶이
괴로운 이유

모든 인간의 삶은 욕망과 충족 사이에서 계속 이어진다. 욕망은 본질적으로 고통이며, 욕망이 충족되면 싫증이 난다. 목표는 헛치레일 뿐이다. 원하던 것을 얻으면 더 이상 그것에 매력을 못 느끼며, 소망, 즉 욕망은 새로운 형태로 나타난다.

-《의지와 표상으로서의 세계(Die Welt als Wille und Vorstellung)》

쇼펜하우어에 따르면 우리 삶의 원동력은 의지이다. 이 의지의 근원은 무엇을 얻거나 이루고자 하는 '욕망'과 자신에게 그 무엇이 없는 '결핍'이다. 욕망과 결핍으로 인해 어떤 의지를 보이거나 그 무엇을 추구하고 노력하지만, 그 욕망은 결코 영원히 충족되지 않는다. 충족이 되었다 싶으면 또 다른 욕망이 고개를 쳐든다. 그래서 사람은 존재 그 자체로 고통받을 수밖에 없다.

전남 나주의 불회사 석장승.

쇼펜하우어는《여록과 보유》에서도 이렇게 말했다.

"사실 세상과 인간이 차라리 존재하지 않았으면 좋았을 것이라는 확신은 우리의 마음을 서로에 대한 관용으로 채우게 한다. 그런 어렵고 괴로운 처지의 인간에게서 우리가 무엇을 기대할 수 있단 말인가? 이런 관점에서 보면 우리가 서로를 부를 때 '아무개 씨'나 '아무개 님'이라고 하는 대신 '내 고통의 벗'이라고 하는 게 좋을지도 모른다."

삶이란 도대체 무엇일까? 그것을 고통이라고 한 사람이 쇼펜하우어다. 욕망과 결핍으로 인한 고통이다. 사람은 괴로움과 즐거움 사이를 시계추처럼 왔다 갔다 하는 삶을 사는데, 그 즐거움이 곧 사라지고 나면 또다시 괴로움과 마주해야 한다.

삶이 고통이라면, 자신에게 없는 것을 바라거나 더 많은 것을 바라는 욕심에서 비롯된 괴로움이라면 그 욕심을 조금 내려놓으면 된다. 세상을 살면서 무엇을 바라지 않고 살 수는 없겠지만, 크게 욕심내지 않으면 자신에게 없는 그 무엇 때문에 받는 고통은 훨씬 덜할 것이다. 어차피 태어나고 늙고 병들고 죽는, 인간의 생로병사가 고통 아니던가!

어떤 사람을
만나는 게 좋을까?

남미 칠레 토레스 델 파이네 국립공원 트레킹.

어리석은 사람을 사귀지 마라. 어리석은 사람을 보고도 알아보지 못하는 사람은 그 자신도 어리석은 사람이고, 어리석은 사람인 줄 알면서도 멀리하지 않는 사람은 더 어리석은 사람이다.

어리석은 사람을 가볍게 사귀어도 위험한데, 어리석은 사람을 믿기라도 하면 큰 해를 입게 된다. 어리석은 사람은 한동안 다른 사람 앞에서 조심하지만, 결국 그사이 더 어리석어진 언행을 드러내고야 만다. 신망 없는 사람이 다른 사람의 신망에 도움이 될 리 없다. 어리석은 사람은 항상 불행하다. 그리고 그 불행은 다른 사람에게 해를 끼친다.

어리석은 사람에게도 나쁘지 않은 점이 있다. 그 자신이 현명한 사람에게는 아무 소용이 없지만 현명하지 못한 사람에게 이정표나 경고의 역할을 함으로써 많은 도움이 될 수 있다.

- 쇼펜하우어 편역, 《세상을 보는 지혜》

세상을 사는 사람들을 보면 여러 부류가 있다. 현명한 사람이 있는가 하면 어리석은 사람이 있고, 부지런한 사람이 있는가 하면 게으른 사람이 있다. 모든 것이 운명이라 여기며 살아가는 사람도 있고, 운명을 개척하려고 노력하며 살아가는 사람도 있다.

살아가는 동안 좋건 싫건 만날 수밖에 없는 사람들, 그중 어떤 사람이 자신에게 좋을까?

스위스의 사상가 카를 힐티는 자신의 저서《행복론》에서 독창적인 사람을 사귈 때와 평범한 사람을 사귈 때를 비교했다.

그에 따르면, 독창적인 사람과 교우 관계를 맺을 때는 세 단계를 겪는다. 첫 단계에서는 그 사람을 자신도 모르게 좋아하게 된다. 두 번째 단계에서는 그에게서 특이하고 모난 점을 발견하고 반발심을 가진다. 마지막 세 번째 단계가 되면 그의 인격에 호감을 느끼게 된다.

평범한 사람을 사귈 때는 첫 단계에서 상대에게 큰 호감을 느끼지 못한다. 두 번째 단계에서는 상대의 여러 좋은 성격 때문에 전보다 호감을 느끼게 된다. 세 번째 단계에서는 뭔가 부족한 느낌이 계속 남는다.

독창적인 사람을 만나는 것은 그리 쉽지 않다. 왜냐하면 우리 시대의 교육 여건에서 탁월할 정도의 독창적인 사람은 나타나지 않기 때문이다. 오히려 독창적인 사람은 왕따당하기 십상이고, 그런 이유로 자신의 독창성을 숨기고 평범한 사람처럼 사는 사람도 많다.

어리석은 사람은 어떨까? 어리석은 사람을 알아보는 것은 더더욱 어렵다. 저마다 어리석음이나 현명함을 숨기고 있다가 결정적인 순간에 자신의 본색을 드러내기 때문이다. 그러나 자세히 들여다보면 어리석지 않은 사람이 하나도 없다. 대부분의 사람은 타인의 겉모습만 보는 경향이 있고 자기 자신을 잘 모른다.

결국 우리는 자신의 삶에서 축적된 지혜로 견고한 벽을 쌓고 그 테두리 안에서 살아간다. 훗날에야 사람은 저마다 다른 우주라는 것을 깨달을 수 있을지 모른다.

화를
다스리는 법

화는 어떻게 다스려야 할까? 가능하다면 평소 자신을 되돌아보고 갑자기 화가 날 때를 예견하라. 현명한 사람이라면 쉽게 그렇게 할 수 있을 것이다.

화가 났을 때 가장 먼저 해야 할 일은 자신이 화가 난 사실을 알아차리는 것이다. 그러면 순간적인 기분에 휩쓸리지 않을 수 있다. 화는 꼭 필요한 정도로만 조절하고 그 이상은 자제해야 하기 때문이다. 이 같은 습관을 들이면 화가 났을 때 재빨리 그 화에서 벗어날 수 있다.

화는 적절한 순간에 멈춰야 한다. 가속이 붙으면 멈추기 어렵다. 화가 몹시 난 순간에도 명석한 판단력을 유지하는 것이 좋다. 화가 지나치면 이성을 잃게 되지만, 이처럼 주의를 기울이면 분노에 휩싸이거나 분별력을 잃지 않을 것이다.

강원도 인제군 원대리 자작나무 숲.

화를 다스리려면 주의의 말고삐를 단단히 쥐고 있어야 한다. 그렇게 할 수 있는 사람은 '말 위에서 현명한' 처음이자 마지막 사람이 될 것이다.

- 쇼펜하우어 편역, 《세상을 보는 지혜》

누구에게나 살아가면서 몸에 밴 습관이 있다. 특히 어린 시절에 들인 습관은 그 사람을 평생 따라다니기 쉽다. 습관 때문에 칭찬을 받는가 하면 험담을 듣기도 한다. 누구나 몇 가지는 가지고 있는 습관을 두고 옛사람들은 이런저런 말을 남겼다.

셰익스피어의 희곡 《햄릿》에서 햄릿은 이렇게 말했다.

"습관이란 괴물은 악습에 대한 감각을 모두 먹어치우지만,

천사 같은 면도 있어 항상 좋은 행동을 하면 처음에는 어색한 옷 같아도 어느새 몸에 배기 마련입니다. 오늘 밤을 참으면 내일은 한결 참기 쉬워지고, 그다음에는 더욱 쉬워집니다. 이처럼 습관은 천성을 바꿀 수도 있고, 악마를 누르고 기적처럼 내쫓을 수도 있습니다."

착한 행동을 하는 것도 악한 행동을 하는 것도 자신의 몸에 밴 습관에 의한 것이다. 그런 의미에서 러시아의 소설가 도스토옙스키가 "습관은 사람이 무슨 일이든지 하게 한다"고 한 말은 한 치의 틀림도 없다.

화를 잘 내는 것도 습관이다. 사람이 평생 화를 안 내고 살 수는 없겠지만, 그 화를 조절할 필요가 있다. 화가 나면 그 화에 정신을 송두리째 맡겨 갈 데까지 가는 것이 아니라, 우선 자신이 화가 난 사실을 인지하는 것이 중요하다.

욱하고 화가 치밀어 오를 때 '내가 또 화를 내는구나' 하고 잠깐 자신을 되돌아보는 것이다. 그러면 화를 조절할 여유가 생기고, 나중에는 굳이 화를 내지 않고도 문제를 해결할 수 있을 것이다.

전남 해남군의 대흥사 북미륵암 부처를 바라보는 비천상.

소유하지 못했을 때의 우울

우리는 자신이 소유하지 못한 그 무엇을 보았을 때 '아, 저게 내 것이라면!' 하는 생각에 궁핍함을 느끼기 쉽다. 하지만 그 대신 '저게 내 것이 아니라면' 하고 반대의 경우를 더 자주 떠올려 보는 것이 좋다. 가진 것을 잃은 입장에서 바라보아야 한다는 뜻이다. 재산, 건강, 친구, 아내나 자식, 사랑하는 사람, 말, 반려견 등 그것이 무엇이든 간에 우리는 대개 잃어버리고 나서야 그 가치를 깨닫기 때문이다.

내가 권하는 방식으로 사물을 바라보면 많은 이득을 얻을 것이다. 자신이 가진 것에서 이전보다 더 많은 기쁨을 당장 얻을 것이고, 가진 것을 잃지 않기 위해 모든 노력을 기울일 것이다. 예를 들면, 재산을 잃을 위험이 없을 것이고, 친구를 화나게 하지 않을 것이고, 아내를 유혹에 빠지지 않게 할 것이고, 자식들의 건강에 무관심하지 않을 것이다.

우리는 때때로 미래의 성공 가능성을 추측함으로써 현재의 우울과 낙담을 떨쳐버리려고 하는데, 이 과정에서 수많은 허황한 희망을 만들어내기도 한다. 그러나 그 모든 희망은 착각의 싹을 지녔고, 삶의 냉혹한 현실로 인해 희망이 산산조각 나면 실망은 피할 수 없다.

앞날에 불행한 일이 일어날 가능성이 있다고 여겨야 상처를 덜 받는다. 그렇게 함으로써 곧바로 불행한 일에 앞서 예방책을 세울 수 있고, 불행한 일이 일어나지 않았을 때 뜻밖의 기쁨을 누리기 때문이다. 우리가 불안을 극복하면 기분이 눈에 띄게 좋아지는 것이 사실 아닌가!

한 걸음 더 나아가, 때로는 끔찍한 일을 실제로 당한 것처럼 여기는 것이 도움이 될 수 있다. 그러면 나중에 겪는 사소한 좌절을 훨씬 더 쉽게 견딜 수 있다.

-《여록과 보유》

쇼펜하우어에 따르면 우리 인간은 돈, 건강, 명예 등 그 무엇을 갖지 못했을 때의 '결핍'과 그 무엇을 갖고 싶은 '욕망'에서 비롯된 고통에 시달릴 수밖에 없는 존재이다. 어떤 일을 이루지 못한 사실, 또 그 일을 이루고 싶은 마음도 마찬가지이다. 결국 결핍과 욕망으로 인해 우울과 낙담에 빠지고 불행을 느낀다.

특히 우울할 때는 세상의 모든 사물이 회색빛으로 보인다. 긍정적인 것은 하나도 없고, 그나마 안쓰럽게 여기던 자기 자신까지도 경멸스럽게 바라본다. 사람이 우울한 것은 정말 바람직하지 않다. 우울한 사람은 어쩌면 자기 내면에 파고들어 더 이상 작아질 수 없을 정도로 미세하게 스스로를 난도질하며 살고 있는 것은 아닐까?

나는 가끔씩 내가 우울증 환자라고 여길 때가 있고, 가까운 사람들에게 농담처럼 내가 우울증 환자라고 말한다. 그때마다 사람들은 우울증 환자는 자기 자신을 우울증 환자라고 말하지 않으므로 우울증 환자가 아니라고 말한다. 그렇다면 나는 왜 우울증 환자가 안 되었을까? 이유는 간단하다.

"나에게는 의사가 둘 있는데, 왼쪽 다리와 오른쪽 다리가 그 의사이다. 몸과 마음이 고장이 났을 때(나를 이루는 이 한 쌍은 아주 가까운 곳에 있어서, 한쪽은 언제나 다른 쪽의 우울증에 전염된다.)

전남 강진군의 다산초당 가는 길의 당두충나무 숲.

나는 이 의사들을 찾아가기만 하면 되고, 그러면 다시 건강해지리라는 것을 알고 있다."

역사가인 G. M. 트리벨리언의 《걷기(Walking)》라는 책에 실린 글과 같이 전 생애를 걸쳐 매일 걸었기 때문에 그 우울증에서 벗어난 것이다.

전남 담양 명옥헌 배롱나무 숲 작은 둠벙

오스트리아의 작곡가 구스타프 말러는 말했다.

"인생이란 얼마나 우울하고 어두운 토대 위에 성립되고 있는 것인가?"

키케로는 《투스쿨룸 대화》에서 "모든 천재적 인간은 우울하다"고 했고, 아리스토텔레스도 다음과 같이 말한 바 있다.

"철학에서건, 정치, 예술, 기술에서건, 남보다 뛰어난 사람은 모두 우울하다."

그들의 말은 맞기도 하고 그렇지 않기도 하다. 그들이 가리키는 사람들은 다 같지 않기 때문이다.

만약 자신이 무엇을 갖지 못했거나 어떤 일을 이루지 못해 우울하다면 쇼펜하우어의 처방을 따르는 게 좋다. 자신이 소중하게 여기는 것을 잃었을 때를 자주 상상해보며 현재의 삶을 긍정적으로 받아들이는 것이다. 그렇다고 현실에 안주하기만 하며 좀 더 나은 삶을 위한 노력을 하지 말라는 것이 아니다. 갖지 못해 괴로울 때는 가진 것마저 잃었을 때를 생각해보며 마음을 다스리라는 것이다.

온갖 제한이
사람을 행복하게 한다

온갖 범위의 제한이 사람을 행복하게 한다. 우리는 자신의 시야, 활동 영역, 세계와의 접점이 좁으면 좁을수록 행복해진다. 정해진 범위가 넓으면 걱정과 불안을 느낄 가능성이 높은데, 그에 따라 걱정과 바람, 두려움도 커지고 심해지기 때문이다.

-《여록과 보유》

오래전 동생들이 결혼하기 전의 일이다. 남동생과 여동생이 나더러 자유주의자 같지만 독재자라고 했다. 왜냐고 묻자 그 대답은 다음과 같았다.

동생들이 휴일에 쉬겠다고 하면 내가 '오늘은 어디를 가서 어떻게 놀고 몇 시에 돌아오라'고 하루 일정을 다 짜준다는 것이었다. 그것이 처음에는 좋았지만, 나중에는 불편했다고 했다. 자유를 주는 것 같은데, 자유를 주지 않고서 '너는 이렇게 하루를 보내라'고 하는 명령처럼 여겨지더라는 것이다.

'아하, 내게도 나 자신이 모르는 결점이 너무 많구나.'

그때 그 사실을 확연히 깨달았다.

남미 아르헨티나 세로 캄파나리오 전망대에서 본 풍경.

대부분의 사람은 스스로가 선택한 삶을 살 때 행복한 것이 아니라 이미 정해진 것을 행하고 살 때 행복을 느낀다. 정해진 질서 속에서 활동할 때 마음이 편하고 행복하지, 확 트인 광장에서 스스로의 의지로 헤쳐 나가는 삶을 살 때 부담스러워하고 달갑지 않게 여긴다. 아니, 그렇게 살 자신이 없다. 그런 사람들의 삶을 알랭은 다음과 같이 풀어 말하고 있다.

"기성복보다는 맞춤복이 몸에 잘 맞는다. 그러나 사람들은 대개 기성복과 같은 행복을 머릿속에 그리고 있다. 자기에게 맞도록 만드는 것보다 이미 되어 있는 행복을 손에 넣고 싶어 한다. 하지만 무슨 일이든 자기 마음대로 된다면 오히려 인생의 재미를 모르고 말 것이다."

행복과 불행은 누가 만들어 주는 것이 아니라 자기 자신이 만드는 것이다. 내가 가꾸고 이룩한 것이 참 기쁨을 주지, 누군가가 나에게 증여한 것은 아무리 값어치가 클지라도 나에게 맞춤복이 아닌 기성품에 불과하다.

"세상이 자기를 행복하게 해주지 않는다고 불평하는 것은 이기적인 병이다. 이러한 사람은 행복을 소비할 것만 생각하고 생산할 것을 생각하지 않고 있다."

버나드 쇼도 이렇게 말했다.

인간은 적당한 불행과 고난을 통해 조금씩 더 성숙하고 참다운 인간성에 도달할 수 있으며, 그런 시절을 통해 삶이 아름다워지는 것이다.

"우리는 매일 먹고 잠을 자지만 지치지 않는다. 왜냐하면 굶주림과 수면이 새로 오기 때문이다. 만약 평화와 행복만이 계속된다면, 우리의 정신은 당장 지쳐버리고 말 것이다. 고통은 정신의 양식이다. 사람에게 고통이 없다면 매우 무능력한 상태가 오고 말 것이다."

파스칼의 말이다.

한 치 앞을 알 수 없는 것이 우리의 삶이다. 그래서 세상은 살 만하고, 수많은 번민과 고통과 고독으로 새운 밤들이 있어 인생은 더욱 풍요로워지는 것이다. 인생의 길은 이미 어지럽게 펼쳐져 있다. 우리는 그 길을 가는 나그네다. 그 길을 어떻게 가는 것이 진정으로 행복한 삶일까?

"고통은 인간의 위대한 스승이다. 고통의 숨결 아래에서 영혼이 성장한다."

오스트리아의 소설가 에브너 에셴바흐는 인생행로에서 맞닥뜨릴 고통이 인간의 위대한 스승이라고 말한다. 고통 속에서 성장하는 것이 우리 인간이기에 세상은 살아볼 만하지 않은가?

세월이 가져올
변화를 예측하라

시간이 큰 변화를 일으키며 만물이 그 본성상 덧없이 존재한다는 것은 결코 잊어서는 안 되는 진리이다. 따라서 우리는 어떤 상황에 처해 있든 그 반대의 경우를 상상해보는 것이 좋다.

세상의 끝 도시 아르헨티나 우수아이아에서.

번영을 누릴 때는 불행을, 우정의 관계에 있을 때는 적대를, 좋은 날씨에는 나쁜 날씨를, 사랑할 때는 미움을, 신뢰의 순간에는 그 신뢰를 후회하게 만드는 배신을, 지독히 어려운 처지일 때는 행복한 시절을 생생하게 그려보는 것이다. 진정한 세상의 지혜가 바로 거기에 있다!

우리는 세월이 가져올 변화를 염두에 두어 항상 심사숙고해야 하고, 쉽게 속아서는 안 된다. 어떤 형태의 지식도 세상 만물이 불안정하고 일시적이라는 사실을 깨닫는 개인적 경험만큼 필수적이지는 않을 것이다.

-《여록과 보유》

지금도 변함없지만, 어느 때부터인가 내가 진리로 여긴 것은 '변화'였다. 이 우주의 질서 속에서 변화하지 않는 것이 하나도 없기 때문이다.

마음만 해도 그렇다. 하루에도 열두 번씩이 아니라 오만 번도 넘게 변하고 또 변하는데, 하물며 나도 아닌, 엄밀하게 말하면 다른 행성에 있는 우주인인 다른 사람의 마음을 내가 어찌 알겠는가?

그것을 깨달은 순간부터 내 마음의 평화 공간이 훨씬 넓어졌다. 하지만 모든 것이 잠깐이고 변화만이 영원한 세상에서 쇼펜하우어가 말한 현명한 사람은 되지 못했다. 그는 '현명한 사람이라면 겉보기에 그럴듯한 안정에 속지 않을 뿐만 아니라 앞으로 어떤 변화가 일어날지 예측할 수 있다'고 했다.

내 마음은 예나 지금이나 순간순간 흔들리고, 그래서 슬퍼하거나 자책하고는 한다. 그것 역시 아직도 내가 살아 있다는 표상이고, 살아갈 날에 조금씩이나마 변할 것이라고 확신하게 만드는 마음속 현상이다.

어차피 싫든 좋든 삶은 시작되었고, 이제는 종착지를 향해 나아가는 중인데, 어떻게 사는 것이 좋을까? 삶이 주어진 운명이라면 나에게 다가오는 모든 것을 달게 받아들이고 사랑하면서 보듬고 가야 하리라. 그 길에서 만나는 사물이나 사람들까지도.

남아메리카 대륙 남쪽 끝 비글해협의 에클레어 등대.

우리 삶은
여정과 같다

우리의 삶은 여정과 같다. 풍경은 앞으로 다가갈수록 처음에 보았던 것과는 다른 모습으로 다가오고, 가까워질수록 또 다른 모습으로 변한다.

특히 우리의 소망도 마찬가지이다. 우리는 가끔 찾고자 한 것과 다른 것, 아니 그보다 더 나은 것을 발견하기도 한다. 또 찾고자 한 것을 헛되게 찾기 시작한 길과 아주 다른 길에서 발견하기도 한다. 우리가 기대했던 쾌락, 행복, 기쁨 대신 경험, 통찰력, 지식, 즉 덧없고 환상적인 축복이 아닌 실제적이고 영구적인 축복을 얻게 된다.

-《여록과 보유》

언제 들어도 좋은 말이 있다. 아니, 혼자 말해도 좋은 말이 있다. '처음처럼'이라는 말이다. 나는 이 말이 좋다. 아니, 이 말이 뜻하는 바가 좋다.

살다 보면 시간의 흐름 속에 구태의연한 것에 녹아들어 본 모습을 잃어버리는 경우가 많다. 특히 사람과의 관계가 그렇다. 처음의 그 긴장감, 처음 알고 보고 느꼈던 그때의 어려움이나 존경심이 사라진 자리에 일상이라는 거대한 파도가 밀려오고 이런저런 불협화음이 일어나며 사람과 사람 사이에 틈이 생기는 것이다.

"사람은 어떤 일에서건 맹세해서는 안 됩니다. 나중 생각이 처음 결심을 바꾸는 수가 있기 때문입니다."

소포클레스의 《안티고네》 중 파수병의 말이다. 맞는 말이다. 처음 그 마음은 좋은데, 그 마음이 시간의 흐름 속에 순간순간 빛을 잃어가기 때문이다.

"참된 마음은 빛과 같은 거야. 빛처럼 차분하고 민감하며, 빛처럼 탄력적이고 침투력이 있고, 빛처럼 힘차며, 빛처럼 보이지 않게 작용해. 이 소중한 자연의 요소처럼 말이야. 빛은 모든 사물에 섬세하고 균일하게 나뉘어 사물을 매력적이고도 다양한 모습으로 보이게 하지."

오스트리아의 민간 정원.

노발리스의 《푸른 꽃》 중 한 대목이다.

인간과 인간의 관계에서 가장 중요한 것이 참된 마음이다. 그 마음이 '처음처럼' 남아 있을 때 다른 사람과의 관계가 오래 지속되기도 하고 놀랍게 성장할 수도 있다.

'처음처럼'을 견지하고 살면 우정과 그리움이 농익어 갈 텐데, 그 처음의 마음을 잃어버려 서로가 '고립된 섬'이 되고, 쓸쓸하게 서서 긴 그림자를 드리우고 있는 한 그루 미루나무처럼 되는 것이 아닌지 모르겠다.

지금부터라도 더 절실하게 '처음처럼' 그렇게 살아야겠다. 일도 공부도 사람과 사람의 관계도 '처음처럼'. 나도 그대도 그렇게.

크게,
제대로 보라

품위 있고 고상하게 행동하라. 위대한 사람은 행동이 잔망스러워서는 안 된다. 무엇에 너무 세세하게 파고들어서는 안 되며, 특히 불쾌한 문제에는 더욱 그래야 한다. 모든 것을 아는 게 중요하다고 하지만, 굳이 다 알 필요가 없기 때문이다. 그런 때는 관대함을 보여 정중한 사람에 걸맞게 행동해야 한다.

못 본 척 눈감아주는 것은 다른 사람과 함께 지내는 데 중요하다. 친척과 친구, 심지어 적이라도 대부분은 그냥 내버려두라. 매사에 따지고 들면 성가시고, 특히 애초부터 그것이 성가신 일이었다면 더욱 그렇다. 골칫거리나 상대 주위를 계속 맴도는 것은 미친 짓이다.

- 쇼펜하우어 편역, 《세상을 보는 지혜》

경북 안동 병산서원의 아름다운 풍경.

어떤 사람은 항상 어리석고, 어떤 사람은 가끔 어리석다. 그 어리석음의 차이가 크다면 크고 작다면 작다. 옛사람들은 스스로를 어리석다고 여겨 어리석을 우(愚) 자를 이름이나 호에 많이 썼는데, 그것은 그만큼 자기 자신을 낮추면서 겸허한 삶을 살고자 했기 때문이다.

그렇다면 요즘 풍토는 어떤가? 저마다 현명하고 잘났다고 여기고, 조금만 자기보다 못하면 깔보거나 업신여기는 것을 여기저기서 본다. 씁쓸한 세상 풍경이다.

우리는 N에 대해 이야기했다. 나는 그 사람이 어리석다고 말했다. 그러자 카프카가 이렇게 대꾸했다.

"어리석다는 것은 인간적이야. 다수의 영리한 사람은 현명하

전남 담양의 명옥헌.

지 못해. 그래서 결국에는 영리하지도 못하지. 그들은 단지 자신들의 무의미한 천박함이 두렵기 때문에 비인간적일 뿐이야."

구스타프 야누흐의 《카프카와의 대화》에 실린 글이다. 카프카는 어리석음을 가장 인간적인 것으로 보았는데, 그 어리석음이 세상의 질서는 물론이고 사람의 마음을 크게 어지럽히기도 한다.

어리석게도 이해득실에 얽매여 사사건건 따지고 들면 일을 그르치기 쉽다. 작은 것에 욕심을 부리다가는 큰 것을 잃게 된다. 때로는 손해를 보더라도 묵인하는 배포와 상대의 작은 허물쯤은 덮고 가는 아량이 필요하다. 그렇다고 마냥 눈 뜬 장님처럼 굴라는 것은 아니다.

너무 늦기 전에 제대로 보라. 모든 사람이 본다고는 하지만 제대로 보지 못할 때가 많다. 사태를 너무 늦게 알아차리는 것은 문제 해결에 도움이 되기는커녕 걱정만 키울 뿐이다. 어떤 사람은 더 이상 볼 것이 없을 때 비로소 보기 시작하고, 그런 자신을 알아차리기 전에 집과 일자리를 잃고 만다.

의지력이 없는 사람들은 분별력을 갖기 어렵고, 분별력 없는 사람들이 의지력을 갖기는 더 어렵다. 사람들은 장님 같은 그들을 둘러싸고 조롱하지만, 그들은 충고를 듣지 않기 때문에 제대로 보려고 눈을 뜨지 않는다. 자신의 존재를 좌우하는 그런 무감각을 조장하는 사람들이 종종 있다. 기수가 장님인 경주마는 불행하다. 그 말은 날렵한 경주마로 성장하지 못할 것이다.

이 또한 《세상을 보는 지혜》에 실린 글이다. 자신을 둘러싼 주변을 분별력을 가지고 제대로 보며, 버릴 것은 버리고 취할 것은 취하라는 말이다.

어리석은 사람은 깊이 생각하기 싫어하면서 고집만큼은 황소고집인 경향이 있다. 어찌나 꽉 막힌 생각과 고집으로 덤비는지 신들도 바보와의 싸움에서는 진다고 한다. 그래서 '어리석은 사람으로부터 어리석은 꿈이 나온다'고 하는 말이 있는 것이다.

과연 삶에서 행복은 불가능한가?

행복한 삶은 불가능하다. 인간이 이룰 수 있는 최선의 삶은 영웅적 삶이다. 그런 삶을 사는 사람은 역경에 맞서 싸우며 인류에게 도움이 되는 일을 하지만, 정작 자신은 보상을 조금밖에 받지 못하거나 전혀 받지 못한다.

-《여록과 보유》

행복은 나에게 있을 때 정작 보지 못하고 나에게서 떠난 뒤에 깨닫는 경우가 많다. 그러면서 다른 사람들이 일상에서 누리는 행복을 부러워한다.

스코틀랜드의 전기 작가 알렉산더 찰머스는 행복의 3대 필수 조건으로 '해야 할 일, 사랑할 사람, 희망'을 꼽았다. 할 일이 있고, 사랑하는 사람이 있고, 희망이 있을 때 그 사람이 행

페루 잉카의 성스러운 계곡의 친체로 마을.

복하다는 것이다. 맞는 말이다. 하지만 행복의 조건이 사람마다 다르고 행복감을 쉽게 느끼지 못하기 때문에 사람들이 행복을 애타게 찾는 것인지도 모른다.

행복이 모든 행동 규칙의 시금석이고 인생의 목적이라는 내 확신이 흔들린 적은 조금도 없었다. 그러나 이제 나는 행복을 직접적인 목적으로 삼지 않아야 그 목적이 달성될 수 있다고 생각하게 되었다. 자신의 행복이 아닌 다른 목적에 정신을 집중하는 사람만이 행복한 사람이 될 수 있다. 다른 사람의 행복, 인류의 진보, 심지어 어떤 예술이나 취미 등을 자기 행복의 수단이 아니라 그 자체를 목적으로 추구하는 데 정신을 집중하는 사람만이 행복해지는 것이다. 이처럼 행복이 아닌 다른 어떤 것을 목표로 삼아 추구하는 가운데 행복은 저절로 얻게 된다.

인생의 즐거움도, 그것을 주된 목적으로 삼지 않고 다른 목적을 위해 노력하면서 얻을 때야 비로소 인생을 유쾌하게 한다. 즐거움을 인생의 주된 목적으로 삼으면, 곧 그것이 인생을 유쾌하게 하는 데 부족하다는 것을 느끼게 된다. 당신이 행복한지 행복하지 않은지를 자신에게 물어보라. 그러면 당신은 행복하지 않을 것이다.

행복해지는 유일한 길은 행복을 목적으로 삼는 것이 아니라, 행복 밖의 다른 어떤 것을 인생의 목적으로 삼는 것이다. 당신의 자의식, 당신의 조사와 검토, 당신의 자문자답을 행복 이외의 다른 어떤 것에 집중시켜 보라. 그러면 당신은 숨 쉬는 공기와 함께 행복을 저절로 들이마시게 될 것이다.

청소년기에 읽은 영국 철학자 존 스튜어트 밀의 《자서전》에서 나는 행복의 실마리를 발견했고, 그 내용처럼 살고자 했으며, 그래서 나의 삶은 어둡고 쓸쓸했는지도 모른다. 행복은 항상 먼 곳에 있어 안개 속처럼 아스라할 뿐이었고, 그 행복을 찾아가는 길은 요원하기만 했다.

세상을 둘러보라, 자신의 행복을 아는 자가 얼마나 적은지. 설사 안다고 해도 그것을 추구하는 자가 얼마나 적은지!

벤저민 프랭클린의 이 말은 많은 사람이 자신의 행복을 엉뚱한 곳에서 찾고 있으며, 그 행복을 위해 노력을 게을리한다는 뜻을 지녔다. 쇼펜하우어가 "행복한 삶은 불가능하다"고 한 것에는 사람은 행복에 만족을 모른다는 뜻이 숨어 있다.

그러고 보면 쇼펜하우어나, 찰머스나, 밀이나, 프랭클린이나 다 똑같다. 행복의 잣대를 무엇으로 삼느냐, 행복의 초점을 어디에 맞추느냐에 따라 그 행복을 느끼는 정도가 달라진다는 사실을 그들의 행복론을 통해 알 수 있다.

결국 행복은 자신의 마음에 달려 있다. 사람은 마음으로 행복을 느끼기 때문이다. 모두가 행복이라고 여기는 것을 가지거나 얻어도 스스로가 만족하지 못하면 행복하지 않기 때문이다.

오랫동안 살아남는
좋은 책은 어떤 책인가?

역사의 아버지라 불리는 헤로도토스에 따르면, 페르시아의 대왕 크세르크세스는 자신의 대군을 바라보며 100년이 지나면 수천 명 가운데 단 한 명도 살아남지 못할 것이란 생각에 울었다고 한다.

두꺼운 라이프치히 신간 카탈로그를 보면서 이 많은 책 가운데 10년 뒤에 살아남을 책이 단 한 권도 없을 것이란 생각에 누군들 눈물을 흘리지 않겠는가.

-《여록과 보유》

언젠가 내가 쓴 책을 주제로 여의도 KBS 방송국에서 방송하는 중에 진행자가 나에게 물었다.

"선생님이 앞으로 쓰시고 싶은 책은 어떤 책입니까?"

나는 주저하지 않고 다음과 같이 대답했다.

전남 강진의 다산 정약용 유배지인 다산초당.

"책이 잘 팔리고 안 팔리고를 떠나서 항상 옆에 두고서 펼쳐 보고 싶은 책을 쓰고 싶습니다."

물론 그 책을 나만 좋아할 수도 있을 것이다. 그렇지만 내가 좋아하지 않는 책을 다른 사람이 좋아하기를 바란다면 그것은 덧없는 욕심이 아닐까?

수없이 쏟아져 나오는 그 많은 책 가운데 금세 알려졌다가 언제 그런 일이 있었느냐는 듯이 사라져버리는 책이 있는가 하면, 많이 팔리지는 않더라도 사람들 사이에 회자되는 책도 있다. 그런 책이 진정으로 좋은 책이다.

그런데 이 세상에는 좋은 책을 제대로 알아보는 사람이 드물고, 정말 좋은 책은 사람들에게 잘 읽히지 않고 금세 사라진다. 그것이 좋은 책의 운명이다. 마찬가지로 문학에서의 진짜와 가짜를 쇼펜하우어는 아주 적나라하게 꼬집고 있다.

문학계도 인생과 다를 바 없다. 우리는 어디를 가든 여름의 파리 떼처럼 모든 것을 가득 채우고 더럽히는 구제 불능의 인간 패거리를 만난다. 그 때문에 수많은 나쁜 책, 즉 저작물이란 잡초가 양분을 빼앗아 밀을 질식시킨다. 단지 돈을 벌거나 지위와 직책을 얻기 위해 쓰인 나쁜 책은 당연히 좋은 책과 그 고귀한 목적에 쓰여야 할 독자의 시간과 돈과 관심을 빼앗아 간다. 따라서 나쁜 책은 그저 쓸모없는 것이 아니라 아주 해롭다. 오늘날 우리 출판계 저작물 중 10분의 9는 독자의 주머니에서 돈을 빼내는 것 말고 다른 목적이 없다. 이를 위해 저자, 출판사, 평론가들은 적극적으로 공모하고 있다.

문학가, 매문업자(賣文業者), 다작가들이 이 시대의 좋은 취향과 참된 문화를 가지고 놀면서 성공한 것은 교활하고 저급하지만 장사가 되는 술책이라 할 수 있다. 그들은 우아한 세계 전체를 선도하는 데까지 나아가 자신들의 글을 읽도록 가르치고 훈련시키기까지 했기 때문이다. 다시 말해 상류 사회의 모든 사람은 사교계에서 이야깃거리로 써먹기 위해 똑같은 내용, 가장 최근에 나온 책을 읽어야 했다. 이러한 목적으로 슈핀들러(Spindler), 불워리튼(Bulwer-Lytton), 외젠 수(Eugène Sue) 등 한때 유명했던 작가들의 질 낮은 소설과 그 유사 작품이 등장했다.

그러나 단지 돈을 위해 글을 쓰고, 그 때문에 무리를 지어 존재하는 아주 평범한 작가들의 최신 졸작을 읽어야 할 의무가 있다고 생각하는 문학 대중의 운명보다 더 비참한 것이 어디 있겠는가! 그들은 동서고금에 뛰어나면서 드문 작가의 작품은 이름만 들어 알고 있을 뿐이다.

전북 부안의 내소사 대웅전 문살.

특히 미적 취향이 있는 독자들에게서 진정한 문학 작품을 읽어야 할 시간을 빼앗아, 그들이 평범한 작가들의 졸작을 읽도록 교활하게 고안해낸 것이 문예 일간지이다. 이로 인해 사람들은 항상 최고가 아닌 최신 것만 읽고, 저술가들은 사상이 한자리에서 맴도는 좁은 영역에만 머물게 되며, 시대는 점점 더 그 자체의 수렁에 빠져들게 된다.

따라서 우리의 독서에서 읽지 않는 기술은 매우 중요하다. 그 기술이란 언제든지 많은 독자의 흥미를 유발하는 책, 즉 센세이션을 일으키며 출판되고 그해에 곧장 여러 쇄를 찍지만 그것으로 수

명이 끝나버리는 정치나 문학 팸플릿, 소설, 시 따위를 사 보지 않는 것이다. 오히려 어리석은 사람을 상대로 글을 쓰는 자들이 항상 많은 독자를 원한다는 사실을 명심하고, 우리가 가진 짧은 독서 시간을 모든 시대와 민족을 막론해 다른 사람들 위에 우뚝 서 있고 명성이 자자한 작가들의 작품에만 써야 한다. 이런 작품만이 우리에게 진정한 교양과 가르침을 준다.

우리는 나쁜 책을 너무 적게 읽을 수 없고, 좋은 책을 너무 자주 읽을 수 없다. 조악한 책은 지성의 독이다. 그것은 정신을 망가뜨린다. 좋은 책을 읽기 위해서는 나쁜 책을 읽지 말아야 한다. 인생은 짧고 시간과 기력은 제한되어 있기 때문이다.

쇼펜하우어의 《여록과 보유》 중 '독서와 책에 대하여'에 실린 글이다.

좋은 책과 나쁜 책을 구별할 줄 아는 사람이 많아야 하는데, 그렇지 않은 것이 오늘날의 현실이다. 가짜 뉴스보다 더 무서운 것이 가짜 지식인이고, 가짜 문화인이며, 나쁜 책이다. 옥석을 가릴 줄 아는 사람이 절대적으로 부족한 것 같아 슬프다.

인생은 짧고 시간과 우리의 기력은 제한되어 있다는 것, 명심하고 또 명심할 일이다.

삶은 고역의 길을
걷는 것과 같다

우리는 흔히 쓴 약에 비유되는 진리, 즉 삶의 본질적 요소인 고통은 외부에서 우리에게 흘러 들어오는 것이 아니라 누구나 자기 내부에 고갈되지 않는 고통의 원천을 가진 사실에 눈감는다. 도리어

자유의 몸이 된 사람이 주인을 얻으려고 스스로 우상을 만드는 것처럼, 우리를 떠나지 않는 고통에 구실이 될 만한 특별한 외적 원인을 끊임없이 찾는다. 우리는 끊임없이 욕망을 좇고, 그 욕망을 이루어도 결코 만족하지 못하고 밑 빠진 독에 물을 붓는 다나오스의 딸들처럼 늘 새로운 욕망을 향해 달려가기 때문이다.

루크레티우스는 《사물의 본성에 관하여》에서 이렇게 말했다. "원하는 것이 충족되지 않는 한, 그것은 다른 무엇보다 소중해 보인다. 그러나 막상 그것을 얻게 되면 다른 무엇처럼 보인다. 애타게 삶을 갈망할 때와 비슷한 갈망이 늘 우리를 구속한다."

-《의지와 표상으로서의 세계》

칠레 양키우에 호수.

새벽에 일어나 삶이란 무엇일까 생각한다. 사람이 태어나고 살다가 죽는 것, 그 과정에서 몇 사람과 인연을 맺고 지내다가 잊히는 것, 그것 이외에 또 무엇이 있단 말인가? 그 삶을 두고 사람들은 이렇게 저렇게 평했다.

"삶이란 끔찍한 것이라네. 그건 우리 탓은 아니지만, 그래도 우리가 책임을 져야 하네. 태어난 것 자체가 죄란 말이야."

헤르만 헤세가 《황야의 이리》에서 한 말이다.

"만약 인간에게 영원한 의식이 없다면, 만약 모든 사물 밑바닥에 있는 것이라고는 격정적인 어둠의 소용돌이 속에서 훌륭하거나 하찮은 모든 사물을 산출하는 원시적이고 격렬한 힘뿐이라면, 만약 무엇으로도 채울 수 없는 수많은 공허가 사물들 저변에 있다면, 도대체 삶이란 절망 이외에 그 무엇이란 말인가?"

'우수의 철학자'로 알려진 키르케고르의 말이다.

그렇다면 바다에서 자살로 생을 마감한 영국의 소설가 버지니아 울프는 삶에 대해 어떤 말을 남겼을까?

"삶이란 무엇인가? 이런 것인가, 저런 것인가? 삶의 의미는

티베트에서 만난 오체투지하는 사람.

무엇인가? 우리가 인간으로 태어나서 이런저런 것을 느끼고 누군가와 무언가를 사랑하며 살아간다는 것, 이것의 의미는 무엇인가?"

울프는 살아 있는 동안 그 고민을 풀고 풀다가 풀지 못한 채 자살로 삶을 마쳤다.

살아도 살아도 알 수 없는 것이 삶이다. 미완(未完), 더도 덜도 아닌 그게 답인 삶. 그 삶이 현재 어느 순간에 있건 간에 시간은 쉬지 않고 흘러갈 것이고, 결국 인생극장의 막이 내리는 순간을 맞이할 수밖에 없는 것이 인간이다. 나는 삶에 대해 이

아르헨티나 바릴로체 세로 캄파나리오 전망대의 십자가.

렇게 말하고 싶다.

"삶은 고역(苦域)의 길을 걷는 것과 같다."

앞도 뒤도 캄캄한 어둠, 그 어둠 속에 난 희미한 길. 운명적으로 가야 한다고 정해진 길. 그 길을 가고 또 가는 것도 쉽지 않지만, 멈출 수도 없는 길 위에 선 나그네가 바로 인간이다.

인간의 삶이란 바다를 향해 쉬지 않고 달려가는 강물과 같다는데, 달콤함은 잠시일 뿐이고 쓰기만 한 나의 삶은 어디를 향해 흘러가고 있는 것일까?

인생은
한 편의 연극이다

모든 개인의 삶은 전체적으로 볼 때, 그리고 가장 중요한 특징만을 보더라도 실제로 비극이다. 그러나 자세히 살펴보면 희극의 성격을 띠고 있다.

그날의 행동과 걱정, 수시로 남들에게 받는 비웃음, 일주일마다의 욕망과 두려움, 매시간 일어나는 불운한 일은 모두 짓궂은 장난 같은 우연에 의해 발생하며, 이 모두는 희극의 한 장면에 불과하기 때문이다.

-《의지와 표상으로서의 세계》

무심코 주머니 속에서 딸랑거리는 동전을 꺼내 가만히 들여다볼 때가 있다. 백 원짜리 앞면에는 이순신 장군의 초상이 들어 있고 뒷면에는 발행 연도와 100원이라는 글씨가 새겨져 있다.

동전의 양면이 다르듯 순식간에 변하는 것이 사람의 마음속 풍경이다.

그렇다. 목숨이 걸린 전쟁터에서도 총구에 내려앉는 잠자리를 바라보며 미소 지을 수 있고, 사형장에서 죄수가 아주 평범한 이야기를 나누듯, 이 세상에는 동전 양면처럼 같은 몸체이면서도 서로가 서로를 절대로 알 수 없는 신비롭고 기이한 일이 얼마나 많이 일어나고 또 일어나는가. 그래서 잠시 머물다 가는 인생을 두고 초대형 공연장 같다고 말하는 것이다.

그런 의미에서 볼 때 나도 그대도 인생이라는 큰 공연장에서 주인공과 엑스트라로 주역을 자꾸 바꾸며 살아가는 연기자인지도 모른다.

소설 같기도 하고 연극 같기도 한 한세상을 살아가는 길에서 만나 웃고 울면서 지내는 것. 그것은 슬픔인가, 기쁨인가?

인간을 이루는 것과 인간이 지닌 것

인생의 자산 중 '인간을 이루는 것'이 다른 두 자산('인간이 지닌 것'과 '인간이 남에게 드러내 보이는 것')보다 훨씬 더 중요하기 때문에 부를 쌓는 것보다 건강을 유지하고 능력을 키우는 것이 훨씬 더 현명하다. 그러나 삶에 꼭 필요한 것을 갖추는 데 소홀해도 된다고 오해해서는 안 된다.

남아돌 정도의 부는 우리의 행복에 거의 도움이 되지 않는다. 부자들 중 많은 사람이 진정한 정신 소양이나 지식이 없고, 그 결과 지적인 직업을 가지려는 객관적인 목표를 상실해 불행을 느낀다. 실제로 필요한 정도 이상의 부는 행복에 그다지 영향을 미치지 못한다. 오히려 재산 유지에 따른 불안으로 부가 행복을 방해한다.

'인간을 이루는 것(건강, 힘, 아름다움, 성격, 도덕성, 지성과 교양 등)'이 '인간이 지닌 것(재산과 소유물)'보다 훨씬 더 많이 행복에 기

페루의 파라카스 모래사막.

여하지만, 사람들은 교양을 갖추는 것보다 부자가 되는 것에 수천 배 더 노력을 기울인다. 그래서 우리는 개미처럼 부지런한 사람이 아침부터 밤까지 이미 쌓은 부를 늘리려고 쉴 새 없이 바쁘게 움직이는 모습을 볼 수 있다.

그들은 부를 쌓기 위한 영역 밖에 있는 다른 것들은 전혀 모른다. 정신은 텅 비어 있어 그 어떤 영향에도 둔감하고, 최고의 쾌락인 지성의 쾌락을 느낄 수 없다. 엄청난 비용을 들여 짧은 시간 동안 지속되는 감각적이고 순간적인 쾌락으로 그것을 대체하려고 노력하지만 모두 헛될 뿐이다. 그러다가 운이 좋으면 온갖 노력 끝에 엄청난 금덩이를 갖게 되고, 그것을 상속인에게 물려주어 더 불리거나 탕진할 수 있다.

이런 삶은 아무리 진지하고 신중하게 추구된다고 해도 광대모자를 상징으로 삼는 많은 어릿광대의 삶과 마찬가지로 어리석기 짝이 없다.

-《여록과 보유》

남들이 부러워하는 높은 자리에 오른 사람들을 어쩌다가 만날 때가 있다. 그들이 나를 만나면 이렇게 말하곤 한다.

"선생님이 제일 부럽습니다."

"왜지요?"

"매일 한가하고, 어디에 얽매이지 않고, 자유롭게 한량처럼 살고 계시잖아요. 저도 한가해지면 선생님을 따라서 걸어야 할 텐데."

내가 하는 '우리 땅 걷기'는 아주 쉽다. 그냥 마음 내려놓고 나서기만 하면 된다. 그런데 이런저런 핑계를 대고 길 위에 나서지 못하면서 괜히 인사치레로 부러운 척하는 줄을 나는 잘 알고 있다.

그들은 야외에 나가 한가하고 소박하게 지내는 생활보다

높은 자리에 올라 사람들에게 주목받고 영화를 누리며, 재산을 더 많이 축적해 살다가 자식들에게 물려주는 것을 선호한다. 옛사람들 중에도 그런 사람이 많았지만, 현대에 들어 그런 생각을 가진 사람이 기하급수적으로 늘어나고 있다.

쇼펜하우어의 《여록과 보유》 중 '주제의 구분'에 실린 이 글은 그렇게 사는 사람들의 생활 폐단과 그 허무한 마무리를 날카롭게 지적하고 있다.

홍콩 배우 성룡은 자신의 재산을 사회에 모두 환원하겠다고 했다. 그러자 기자가 물었다.

"아들이 있는데, 왜 아들에게 물려주지 않고 사회에 환원하십니까?"

그러자 성룡이 대답했다.

"내 자식이 능력이 있다면 내가 물려주지 않아도 잘살 것이고, 그렇지 않고 능력이 없다면 내가 물려준 재산을 금방 다 날려버릴 것이기 때문입니다."

이 얼마나 현명한 판단인가. 우리나라 대부분의 재벌이나 고위층 사람들, 그리고 일부 종교인들이 자식들에게 불법으로 재산을 상속하기 위해 애를 쓰다가 '큰집'으로 콩밥 먹으러 가는 것이 다반사다.

"돈에는 더 많은 돈 이외에는 다른 친구가 없다."

"사람은 내일을 기다리다가 그 내일에 묘지로 간다."

이 같은 격언을 귀담아들을 일이다. 그 많은 돈을 벌어 자식들에게 남겨주어 무엇이 이롭고 좋다는 말인가?

자기 양심껏 남에게 피해를 입히지 않고 번 돈이야 누가 뭐라 하겠는가만, 국가 재산을 축내고 오로지 자기 집안과 자식들을 위해 돈을 모으고 숨기다가 검찰청에 가게 된 모모를 보면 측은함이 앞선다. 꼭 그렇게 살아야 했을까? 죽을 때 한 푼의 돈도 가지고 갈 수 없고, 한 줌 흙으로 돌아갈 뿐인데….

"시장에서 재물을 가로채는 자는 재물만 볼 뿐 사람을 보지 못한다. 자신의 몸을 갈라 구슬을 숨기는 자는 구슬을 사랑할 뿐 자신을 사랑하는 것을 잊는다. 목숨을 담보로 부귀를 탐하는 자와 욕망을 따르느라 생명에 손상을 입히는 자는 무슨 차이가 있는가?"

중국 명나라 때 문인인 육소형(陸紹珩)이 지은 《취고당검소(醉古堂劍掃)》에 실린 글과, "이익에 따라 행동하면 원망이 많다"는 공자의 말이 가슴을 치고 지나가는 새벽이다.

경남 남해 상주해수욕장의 유채꽃 핀 풍경.

고독을 사랑해야 행복하다

"행복은 자기 자신에게 만족하는 사람에게만 있다"는 아리스토텔레스의 말을 아무리 자주 반복해도 지나침이 없다. 사람은 자신 이외에 그 누구도 정확하게 평가할 수 없고, 다른 사람들과의 관계에서 생기는 부담과 불이익, 위험과 성가심이 수없이 많기 때문이다. 행복에 이르는 길에 흥청망청 즐기는 상류 사회의 생활보다 잘못된 것은 없다. 비참한 생활에서 기쁨과 쾌락이 연속되게 하려다가 결국 착각과 실망으로 끝나고 만다.

사회에서는 반드시 그 구성원 간의 상호 순응과 타협이 요구된다. 이는 사회가 커질수록 무미건조해진다는 것을 의미한다. 사람은 혼자일 때만 온전한 자기 자신이 될 수 있다. 그리고 고독을 사랑하지 않는 자라면 자유도 사랑하지 않을 것이다. 사람은 혼자 있을 때 진정으로 자유롭기 때문이다.

강요는 떼어 놓을 수 없는 동반자처럼 사회에 늘 존재하지만, 개성이 강한 사람일수록 다른 사람과의 관계에서 요구되는 희생을 감당하기 어렵다. 사람은 개인차에 따라 고독을 환영하거나 견디거나 회피할 것이다. 혼자일 때 가련한 사람은 괴로워하고, 훌륭한 지성인은 자신의 탁월함에 기뻐한다. 요컨대 모든 사람은 자기 본연의 모습대로 느끼는 것이다.

-《여록과 보유》

경남 합천의 영암사지 영암사 석등에서 본 석탑.

전남 해남의 대흥사 천불전 문살.

"당신은 행복한 삶을 원하는가?"라고 사람들에게 물으면 열이면 열 백이면 백 고개를 끄덕일 것이다. 누구나 행복한 삶을 원한다.

그렇다면 어떻게 살아야 행복한 삶일까?

무엇보다 자기 자신을 믿어야 하고, 자기 자신에게 충실해야 한다. 고독을 사랑할 수 있어야 하며, 정신의 고독과 함께 육체적인 고독을 동시에 갖추어야 한다.

하지만 그렇게 살 수 있을 만큼 세상이 단순하지 않기 때문에 고독하게 사는 사람들은 가끔씩 의기소침해지고 정신이 헝클어진다.

자신 속으로 더 깊이 들어갈 것, 고독을 두려워하지 말 것. 나이 들어가며 더 견지해야 할 삶의 자세가 아닐까?

삶은 고통과 권태 사이의 시계추

우리는 비눗방울이 터질 줄 알면서도 최대한 크게 부는 것처럼 가능한 한 오랫동안 큰 관심을 가지고 삶을 길게 이어간다. 이미 살펴본 것처럼 인식 능력이 없는 자연물도 그 내면적인 본질은 목표와 휴식이 없는 끊임없는 노력이다.

이것은 동물이나 인간을 살펴보면 더욱 또렷이 알 수 있다. 의지와 노력은 그 자체로 본질이며, 충족할 수 없는 갈망에 충분히 견줄 수 있다. 그러나 모든 의지의 바탕이 되는 것은 욕망과 결핍 그리고 그에 따른 고통이며, 그 본성과 기원으로 인해 우리는 고통을 받을 수밖에 없다.

이와 반대로 욕망의 대상이 없고, 너무 쉽게 만족에 이르면 곧장 또다시 결핍을 느끼기 때문에 두려운 공허와 권태가 찾아온다. 자신의 생존과 존재 자체는 견딜 수 없는 부담이 된다. 그러므로 인간의 삶은 고통과 권태 사이에서 시계추처럼 왔다 갔다 하는 것이며, 사실 이 두 가지가 삶의 궁극적인 구성 요소이다.

-《의지와 표상으로서의 세계》

내 삶이 절망으로 가득 차 있을 때 내 정신을 관통했던 글이 있었다.

"세상은 재앙으로 가득 찬 길이고, 우리는 지나가는 순례자들이며, 죽음은 상처의 끝이다."

제프리 초서의 이 글을 읽고 '인생은 더도 덜도 아닌 고통의 연속이 될 것'이라는 생각에 뜬눈으로 밤을 지새울 때도 많았다. 창문을 통해 들어오는 햇살처럼 앞날에 재앙이 아닌 행운이 있을지도 모른다는 생각에 이만큼 살아온 것이리라.

요즘 들어 삶과 죽음의 문제가 부쩍 내 가슴을 비집고 들어온다. 세상에 태어난 그 모든 것이 왔던 곳으로 돌아갔는데, 나 또한 별수 없이 돌아가지 않겠는가 싶다가도 이런저런 생각이 꼬리에 꼬리를 물고 이어진다.

인간은 어찌하여 태어나고, 또 가는 것일까? 인간만이 아니라 세상의 모든 것은 왜 나고 죽는 것일까?

경북 영주의 부석사 부석(浮石).

"인생은 지출이 보상되지 않는 장사다"라는 말이 있는데, 그럴지도 모르겠다. 남을 것도 밑질 것도 없는 것이 인생이라고 여겼지만 살아갈수록 삶은 어렵다. 결국 인생을 무엇이라고 정의하지도 못한 채 떠나는 것, 철학 자체가 '죽음학'이라고 말하듯이 다가올 죽음에 친숙해지는 것, 그것만이 내가 할 수 있는 최선의 긍정이고 삶의 자세가 아닐까?

"지금까지 내내 나는 산을 오르고 있다고 생각했지만, 사실은 산을 내려가고 있었다. 사람들의 눈에는 내가 산을 오르는 것으로 보였겠지. 그러나 내 삶은 사실 항상 발아래로 미끄러져 가고 있었을 뿐이었다. 그리고 이제 벌써 죽음이다."

러시아의 문호 톨스토이의 《이반 일리치의 죽음》의 일부분이 가슴을 두드리고 지나가는 새벽이다.

전북 부안의 변산 우반동의 굴.

진짜 문학과 가짜 문학

어느 시대에나 얼마만큼 독립적으로 함께 진행되는 두 가지 형태의 문학이 있다. 하나는 진짜이고 다른 하나는 단지 겉만 그럴싸한 것에 불과하다. 전자는 영원한 문학으로 성장한다.

진짜 문학은 학문이나 시를 위해 사는 사람들이 추구하며, 진지하고 조용하지만 매우 느리게 자신의 길을 간다. 이런 작품들은 유럽에서 한 세기 동안 쓰인 작품이 수십 개에 불과하지만 오래도록 독자들에게 사랑받고 있다.

가짜 문학도 학문이나 시로 먹고사는 사람들에 의해 추구된다. 이에 속한 작품들은 관심 있는 사람들의 큰 소음과 함성에 맞춰 질주하며 매년 수천 편이 시장에 쏟아져 나온다. 그러나 몇 년이 지나면 사람들은 그것들이 어디에 있는지, 그렇게 일찍부터 떠들썩하던 그 명성은 어떻게 되었는지 묻는다.

그래서 우리는 가짜 문학은 일시적인 문학이고, 진짜 문학은 영원한 문학이라 말할 수 있다.

-《여록과 보유》

얼마 전에 지인에게서 전화가 걸려 왔다. 시국 얘기, 시절 얘기, 답답한 세상사 얘기가 끝나자 지인이 내게 물었다.

"형님, 요즘에도 책을 사러 서점에 갑니까?"

"가지."

"일주일에 몇 권씩이나 삽니까?"

"좋아하거나 관심 가는 책이 있으면 어떤 때는 열 권 남짓 사기도 하고, 대여섯 권 살 때도 있고, 어떤 때는 더 많이 사지."

"그래요?"

"자네는 어때?"

"저도 그래요."

책을 좋아하거나 글을 쓰는 사람만 책을 사는 시대가 되었다고 한탄만 하지 정작 책을 좋아하는 사람도, 글을 쓰는 사람도 책을 안 사서 보는 시대가 되고 보니 출판사 대표들의 자조 섞인 푸념을 들을 때가 많다.

"지난해가 더 좋았고, 내년보다는 올해가 더 좋을 겁니다."

그런 책이 과연 우리에게 무엇일까? 구스타프 야누흐의 《카프카와의 대화》에서 카프카는 말한다.

카프카는 놀랐다.

"새로 나온 책밖에 없군!"

나는 가방에 들어 있던 책들을 그의 책상 위에 쏟았다. 카프카는 책을 한 권씩 차례로 집어 들고 책장을 넘기며 훑어본 뒤 나에게 돌려주었다.

"그 책을 다 읽을 건가?"

나는 고개를 끄덕였다. 그는 입술을 오므렸다.

"자네는 덧없는 것에 시간을 너무 낭비하는군. 대부분의 현대 서적은 현재를 순간적으로 반영한 것에 지나지 않네. 그 책들은 매우 빨리 사라지지. 오래된 책을 더 많이 읽어야 하네. 괴테의 책 같은 고전을.

고전은 자신의 가장 큰 가치인 영속성을 드러내지. 새롭기만 한 것은 일시적일 뿐이야. 오늘은 아름답지만 내일은 우스꽝스럽지. 그게 문학의 길일세."

"그럼 시는요?"

"시는 인생을 변화시키지. 그게 가끔 나쁠 때도 있네."

시를 포함한 문학은 인생을 변화시킨다. 그것도 현대인들의 마음을 관통해 잠시 많이 팔리는 베스트셀러 같은 책보다 영속성을 지닌 고전이 더욱 그렇다.

나 역시 어린 시절에 내 영혼을 관통했던 그 고전들 때문에 이렇게 평생 활자에서 벗어나지 못한 채 책을 읽고 글을 쓰면서 살고 있다.

그런 나에게 책은 슬픔이자 눈물이고, 행복이고, 지극한 고

세계에서 가장 아름다운 서점 중의 하나인 아르헨티나 엘 아테네오 서점.

난이며 고통이었다. 하지만 책과 보낸 것이 거부할 수 없는 운명이었음을 나이 들어가면서 절실히 깨닫는다.

나는 어떤 문학을 선호했는가? 쇼펜하우어가 말한 진짜 문학과 가짜 문학 중 진짜 문학에 경도되어 살았다고 자신 있게 말할 수 있다. 지금도 그 책들을 생각하면, 가슴이 뛰어노는 그런 책들을 벗하며 산 세월이 고마우면서도 애잔하게 느껴지는 것은 무슨 연유인가?

오늘 밤 꿈속에 그 책들이 찾아와 나와 벗해주지 않을는지.

지적 능력을
함부로 드러내 보이지 마라

지적 능력과 분별력을 보여 주면 사회에서 인기를 얻을 수 있다고 생각하는 사람은 세상을 사는 데 아직 풋내기에 불과하다. 그런 행동은 오히려 대다수의 사람에게 미움과 분노를 불러일으킨다. 또한 분노하는 진짜 이유인 열등감을 숨길 수밖에 없는 사람들을 더욱 견디기 어렵게 한다.

실제로 일어나는 일은 이렇다. 어떤 사람이 대화의 상대가 자신보다 지적으로 훨씬 뛰어난 것을 알아차린다. 그리고 자신과 마찬가지로 상대의 지식 수준이 낮아야 한다는 결론을 은연중에 내린다. 그것은 음울하고 악의에 찬 증오의 쓰라린 감정을 불러일으키는, 생략삼단논법이라고 하는 추론의 한 방법으로 이루어진다.

그런 의미에서 사람들의 사랑을 받는 유일한 방법은 가장 동물적인 단순함을 보여주는 것이라는 발타사르 그라시안의 말이

페루 마추픽추(Machu Picchu).

아르헨티나 엘 찰텐 피츠로이산.

옳다. 그는 "사람들에게 크게 사랑받는 유일한 방법은 가장 멍청한 동물의 가죽을 뒤집어쓰는 것이다"라고 했다.

당신의 지적 능력과 분별력을 보여주는 것은 다른 사람들의 우둔함과 무능을 간접적으로 비난하는 셈이다. 천박한 사람이 어떤 형태로든 자신과 반대되는 사람을 보면 마음이 격렬하게 요동치는 것은 당연하다. 이때 질투심은 적대감을 은밀하게 부추기는 원인이 된다. 사람들은 자신의 허영심을 충족함으로써 가장 큰 즐거움을 얻기 때문이다. 허영심은 다른 사람과 비교하지 않고서는 충족할 수 없다.

인간에게 지적 능력보다 자랑스러운 것은 없다. 바로 그것으로 인해 인간이 동물 세계에서 지배적인 위치에 있기 때문이다. 이런 점에서 아주 우월한 모습을 다른 사람들에게 보여주고 다른 사람들이 그것을 보게 하는 것은 매우 경솔한 짓이다. 그들은 복수를 간절히 원할 것이고, 보통은 모욕을 통해 복수할 기회를 찾을 것이기 때문이다. 그리고 이 문제가 지성의 영역에서 의지의 영역으로 넘어가기 때문인데, 의지의 영역에서 적대감을 갖는 것은 누구나 똑같은 입장이다.

그러므로 사회에서 지위와 부로 존경받을 수 있을지 몰라도 지적 능력으로는 결코 그런 것을 기대할 수 없다. 지적 능력은 무시당하는 편이 오히려 낫다. 사람들이 자신보다 뛰어난 상대방의 지적 능력을 조금이라도 알아차리면 그 상대방을 건방지게 여기거나, 그럴 만한 자격이 없는 사람으로 여기거나, 감히 자신을 자랑하는 것으로 여길 수 있기 때문이다. 그리고 그에 대한 보복으로 몰래 다른 방법으로 모욕을 주려고 기회를 엿볼 것이다.

아무리 겸손하게 행동해도 자신보다 지적 우위에 선다면 그 죄를 못 본 척하고 넘어가는 사람은 거의 없을 것이다. 페르시아의 시인 사디는 자신의 책 《장미의 낙원》에서 이렇게 말했다. "현명한 사람이 어리석은 사람과 어울리기 싫어하는 것보다 어리석은 사람이 현명한 사람을 만나는 것을 백배는 더 싫어한다는 것을 알아야 한다."

-《여록과 보유》

내가 아는 것은 무엇인가? 가만히 생각해보면 딱히 내놓을 게 없다. 누구나 잘 걷는데, 나는 다른 사람보다 더 많이 걸을 뿐이다. 달리 잘하는 것이 없다. 그런 내가 뭐라도 아는 것처럼 가끔 타인 앞에 나섰던 것은 아닐까? 그랬다는 생각에 부끄러워 잠을 설친 적도 있다. 조심하고 또 조심할 일이다.

쇼펜하우어가 이 시대에 살면서 그 같은 말을 했다면 여기저기서 책잡혔을지 모르지만, 내가 보기에는 구절구절이 옳다.

하고 싶은 말이 있어도 마음대로 할 수 없고, 하고 싶은 일이 있어도 주저주저하게 만드는 이 시대도 정상이 아니지만, 거듭거듭 조심하고 또 조심하면서 살아갈 일이다.

"뽐내는 것은 겸손과 평범함으로 고치고, 재주가 넘쳐흐르는 폐단은 깊이 있음과 침착함으로 바로잡고, 실속 없이 과장하는 병은 충실함으로 치료한다."

중국 명나라 문인인 육소형의 《취고당검소》에 실린 이 말처럼 사는 것이 좋다.

천국과 지옥이
아주 가깝게 있나니

기쁨이나 향락의 잣대로 인생의 행복을 재려는 것은 잘못이다. 향락은 소극적인 면이 있기 때문이다. 향락이 행복을 낳는다는 생각은 시기심에 사로잡혀 스스로를 벌하기 위한 망상에 불과하다. 고통은 적극적으로 느껴지는 것이기 때문에, 고통의 부재가 행복의

지구의 끝 아르헨티나 우수사이아에서.

참된 기준이 된다. 그리고 고통에서 자유롭고 따분함이나 권태가 없다면 지상 행복의 필수 조건이 달성되는 것이다. 그 밖의 모든 것은 환상일 뿐이다.

그러므로 고통을 치르거나 고통의 위험을 무릅쓰고 향락을 얻으려고 해서는 안 된다. 그렇게 하는 것은 소극적이고 환상적인 것을 위해 적극적이고 실재적인 것을 무시하는 꼴이 된다. 반대로 고통을 피하기 위해 향락을 희생하면 득이 된다. 고통이 향락을 뒤따르는지 아니면 향락보다 먼저 오는지, 그것은 중요하지 않다.

고통을 최대한 줄이기보다 이 비참한 삶의 무대를 향락의 정원으로 바꾸거나 기쁨과 향락을 목표로 삼는 것은 자연의 질서를 완전히 뒤집는 일이다. 하지만 많은 사람이 그렇게 한다! 차라리

비관적인 시각으로 세상을 일종의 지옥으로 바라보고, 지옥의 불길이 미치지 않을 작은 방을 확보하기 위해 노력하는 편이 낫다.
-《여록과 보유》

사는 것이 지옥 같다는 사람이 있고, 사는 것이 천국 같다는 사람도 있다. 같은 시대 같은 하늘 아래에 살면서 서로 반대된 말을 하는 것은 삶의 형태가 다르기 때문에 그런 것인가, 마음의 상태가 다르기 때문에 그런 것인가? 알 수 없다. 하지만 확실한 것은 삶은 똑같은 삶인데, 극과 극의 삶이 이 세상에 존재한다는 것이다.

그렇다면 지옥이라고 여기며 살고 있는 사람들은 이 지옥을 그냥 내버려 둔 채 떠나고 싶기는 한 것일까? 아니다. 내가 살고 있는 곳이 지옥이건 천국이건, 그곳을 두고 과감히 떠날 수 있는 사람은 그리 많지 않다.

"지옥에 살고 있는 사람은 그곳 이외에 더 좋은 곳이 없다고 믿으며 산다"는 말이 있다.

마찬가지로 천국도 그렇다. 천국에서의 나날도 어느 순간 지겨워져, 결국 권태의 늪에 빠져들 것이다.

천국과 지옥은 남극이나 북극처럼 멀리 있는 것처럼 보이지만, 백지장 한 장만큼 가까운 거리에 있다. 그래서 괴테의 〈마리엔바트의 비가〉 시구는 마음에 큰 울림을 준다.

"아직 피어나지 않은 꽃들 속에서
이제 다시 만나 무엇을 바랄까?
천국과 지옥이 네게 열려 있나니.
사람 마음은 얼마나 변덕스러운가!"

"나쁜 사람들이 죽어서 어디로 가는지 아니?"

"지옥이요."

나는 주저 없이 뻔한 대답을 했다.

"그럼 지옥이 뭐지? 말해 볼래?"

"벌겋게 타오르는 불구덩이죠."

"그 구덩이에 빠져 영원히 불타고 싶지 않지?"

"그럼요."

"그렇게 되지 않으려거든 어떻게 해야 하지?"

나는 잠시 생각했다. 마침내 내뱉은 나의 대답은 엉뚱했다.

"건강해서 죽지 않아야지요."

샬롯 브론테의 《제인 에어》에 나오는 글이다.

영원히 죽지 않고 건강하게 산다는 것은 꿈꿀 수 있지만 불가능한 일이다. 좀 빠르고 좀 느리고 시간 차이만 있을 뿐 누구나 다 죽는다. 사람은 죽은 뒤에 지옥이나 천국으로 가는 것일까? 그것은 알 수 없다.

"마음은 천국에서도 지옥을 만들 수 있고, 지옥에서도 천국을 만들 수 있다"고 존 밀턴은 말했지만, 그럴 수도 있고 그렇지 않을 수도 있다. 그렇기에 천국이라 여기는 곳에서도 지옥이라 여기는 곳에서도 삶은 계속 이어지는 것이다.

이 세상은
지옥 위에서 하는
꽃구경이어라.

일본의 하이쿠 시인 고바야시 잇사의 짧은 시 한 편같이 바로 그런 순간에 뛰어드는 불나방같이 계속되는 우리의 삶, 신기하지 않은가?

이르헨티나 토레스 델 파이네 국립공원

유토피아는 어디에 있는가?

일, 걱정, 고역, 곤란은 일생 동안 거의 모든 사람이 겪는 것이다. 하지만 모든 욕망이 생기자마자 충족된다면 사람들은 무엇으로 삶을 채우고 시간을 보낸단 말인가?

모든 것이 저절로 자라고, 비둘기가 구워진 채 날아다니며, 모두가 연인을 찾아 관계를 유지하는 데 어려움이 없는 유토피아로 인류를 옮겨 놓았다고 가정해보자. 그러면 사람들은 지루해하다가 죽거나, 목을 매어 자살하거나, 서로 싸우고 목을 조르고 죽여 지금 자연적으로 그들에게 가해지는 고통보다 더 많은 고통을 스스로 초래할 것이다.

따라서 그런 인류에게는 다른 어떤 무대나 존재도 적합하지 않다.

-《여록과 보유》

인간은 어떻게 살고 어디로 가야 하는가? 신의 계획과 인간의 계획이 조화롭게 만나는 장소는 존재하는가?

태초 이래로 인간은 끊임없이 꿈을 꾸었다. 모두가 평등하고 행복하게 사는 꿈. 그 꿈이 이루어진 세계를 두고 이상향(理想鄕)이라고도 하고, 낙원(樂園)이라고도 하고, 또 어떤 사람은 유토피아(Utopia)라고 부른다.

유토피아는 토머스 모어가 쓴, 같은 이름의 소설 제목에서 유래했다. 《유토피아》에 나오는 상상의 섬이 바로 유토피아다. 그는 그리스어로 '없는(ou)'과 '장소(toppos)'를 결합해 유토피아라는 말을 만들었다. 그런데 이 말은 '좋은(eu)' 장소를 연상시킴으로써 이중으로 기능한다.

유토포스(U-Topos)란 말도 유토피아를 뜻한다. '어느 곳에도 없다(nowhere)'는 뜻을 가지고 있다.

이 말은 플라톤의 《이상국가》에서부터 유래했다. 그리고 토머스 모어 이후에 캄파넬라의 《태양의 나라》와 프랜시스 베이컨의 《뉴아틀란티스》로 이어졌다. 우리나라에서는 불교의 미륵사상, 도원경, 이어도, 정여립의 대동사상에서 유토피아를

찾을 수 있다.

그렇다면 수많은 사람이 꿈꾸었던 이상향은 어떤 세상을 말하는가?

"그곳(멕시코) 사람들은 자연과 조화를 이루며 살아간다. 그들은 사유재산을 소유하지 않는다. 모든 것은 공동체 안에서 공유된다. 재산을 소유하지 않기 때문에 그들에게는 정부도 필요 없다. 그들은 왕도 어떠한 권위도 가지고 있지 않으며, 각자가 바로 자신의 주인이 된다. 그래서 신세계는 완벽한 무정부주의 유토피아다."

아메리고 베스푸치의 《신세계》에 실린 글이다.

아르헨티나 이과수폭포.

유토피아를 꿈꾸었던 사람들이 원하는 세상은 모든 사람이 평등한 세상이었다. 그런 의미에서 오스카 와일드의 말은 너무나 지당하다.

"유토피아를 포함하지 않은 세계지도는 볼 가치가 없다. 왜냐하면 그것은 인간이 늘 상륙할 하나의 장소가 제외되었기 때문이다. 그리고 인간은 그 나라에 상륙하면 주위를 살피고 더 좋은 나라를 보고 출항한다. 진보란 유토피아의 실현이다."

우리가 꿈꾸는 유토피아가 이 지상에 실현된다면 모든 사람이 행복할까? 그렇지는 않을 것이다. 너무 행복하면 행복한 것을 모른다. 그것이 권태로 이어지고 고통으로 전이된다. 이 세상 어디에나 고통이 있는 곳에 행복이 있고, 행복이 있는 곳에 고통도 있다. '온전히 아름다운 땅도 없고, 온전히 아름다운 사람도 없다.' 이것이 바로 이 세상의 진리이다.

그래서 그랬을까. 셰익스피어는 《템페스트》에서 다음과 같이 말했다.

"용감한 신세계여. 그곳에도 똑같은 인간들이 살고 있구나."

그리고 라마르틴은 사람들에게 다음과 같은 말을 남겼다.

"유토피아는 설익은 진리일 뿐이다."

유토피아나 많은 사람이 오매불망 기다리는 내세, 즉 천국보다 지금, 살아 있는 지금을 잘 사는 것이 가장 중요하다.

"여보게, 인생이란 결코 남들이 생각하는 것처럼 그렇게 좋은 것도 나쁜 것도 아니라네."

모파상의 《여자의 일생》에서 잔이 한 그 말을 기억하고 또 기억하며 되도록 후회 없이 살아가는 것, 그것이 이 세상에서 잘 사는 것이 아닐까?

제주 서귀포 해변.

먼저 자신을 깊이 사랑하라

나는 들꽃을 발견하고 그 아름다움과 모든 부분의 완벽함에 놀라워하며 이렇게 외쳤다.

"하지만 이 꽃 속의 모든 것이, 너 같은 수많은 꽃이 피었다가 시들어버려. 아무도 몰라. 사실 눈에 보이지 않을 때가 많지."

그러자 꽃이 이렇게 대답했다.

"이 바보야! 내가 남에게 보이려고 꽃을 피운다고 생각하니? 다른 사람을 위해서가 아니라 나를 만족시키려고 꽃을 피우는 거야. 내 기쁨과 즐거움은 나라는 존재와 꽃을 피우는 데 있다고."

-《여록과 보유》

세상이 어지러울 때는 자연 속에 들어가는 것이 가장 행복하다. 그것도 봄, 연둣빛 나뭇잎들이 바람결에 살랑거리는 곳을 천천히 아무 생각 없이 걷다가 보면 세상에 찌들어 생긴 온갖 불순물이 다 씻겨나가는 것 같다.

그렇다고 자연 속에서만 살 수는 없고 다시 세속으로 돌아올 수밖에 없지만, 잠시라도 세상을 잊고 내가 나를 잊는 시간은 더없이 행복하다.

수운 최제우 선생이 숨어 지낸 남원의 교룡산성 은적암 터에 앉아 이리저리 둘러보니, 수운의 자취는 남아 있지 않았어도 그 향기가 오롯이 남아 내 마음을 맑게 해주는 것 같았다.

그래서 그랬던가. 순자가 자공과 공자를 다음과 같이 평했다.

"그들은 송곳 하나 꽂을 한 조각의 땅도 가지고 있지 않았다. 그러나 어떤 제후도 그들의 명성과 비교할 수 없다. (…) 그들은 다만 때를 만나지 못한 성인들이다."

'때를 만나지 못한 성인.'

그런 사람이 이 세상에 얼마나 많은가? 오죽했으면 공자가 "나는 팔리기를 기다리는 물건과 같다"고 말했을까?

누구에게나 다가올 것 같지만 시절이 맞지 않아서 그런지 세상이 하 수상해서 그런지 그런 꽃 시절은 없다. 그래도 마음을 내려놓고 정도를 걸어야 편안하다. 가끔씩 마음이 어지러울 때는 장온고(張蘊古)의 〈대보잠(大寶箴)〉에 실린 글을 생각한다.

"마음은 혼탁하거나 흐리지 말아야 합니다. 너무 깨끗하고 맑기만 해서도 안 되며, 흐릿하고 사리에 어둡지도 말 것이며, 지나칠 만큼 자세하고 밝지도 않아야 합니다."

그래도 삶의 방향을 잃을 때가 있다. 그때 나를 살게 하는 것, 알베르 카뮈의 묘비에 적힌 글이다.

"이제야 위대함이 무엇인지 알았다. 그것은 무한히 사랑하는 권리이다."

먼저 나를 사랑하고, 자연을 사랑하고, 이 세상 모든 사물을 사랑하며 사는 것. 그것이 그침이 없이 흐르는 삶의 책무가 아닐까?

이탈리아 베네치아의 석양.

다른 사람을 통한
나의 성찰

전북 군산의 이영춘 가옥.

사람은 자신의 몸무게를 견디면서도 그 몸무게를 느끼지 못하지만, 다른 사람의 몸을 움직이려고 할 때는 그 사람의 몸무게를 느끼게 된다. 이와 마찬가지로 사람은 다른 사람의 단점과 악덕은 볼 수 있지만 자신의 것은 보지 못한다.

이러한 방식에는 한 가지 장점이 있다. 다른 사람을 일종의 거울이 되게 하는데, 사람은 이 거울을 통해 악랄하거나 결점이 있거나 무례하거나 혐오스러운 자신을 명확하게 볼 수 있다는 것이다. 개가 물에 비친 다른 개를 보고 짖는 옛이야기도 있는데, 그 개가 본 것은 자기 자신이지 착각에 의한 다른 개가 아니다.

-《여록과 보유》

쇼펜하우어는 자신의 모습을 그대로 보여주는 거울이 타인에게 있다고 했다. 다른 사람의 말과 행동을 통해 자신을 성찰해야 한다는 뜻이다. 자신의 들보 같은 큰 허물은 보지 못하고 겨자씨처럼 작은 타인의 허물을 들춘다면, 세상에 그 같은 어리석은 짓도 없을 것이다.

"사람은 마땅히 만물과 나를 평등하게 여기며 안과 밖을 합하여야 한다. 만약에 자기 몸으로 사물을 비추어 보면 치우쳐

보는 것이다. 천리의 가운데서 비추어 보면 다른 사람과 자기가 모두 보인다. 이것은 마치 거울을 이곳에 가지고 있는 것과 같으니, 다만 저것을 볼 수 있을 뿐, 자기에 대해서는 볼 수가 없다. 거울을 가운데다 놓으면 모조리 다 비친다. 다만 천리가 항상 있게 되므로 자신과 만물이 다 같이 보인다면 저절로 사사롭지 않다. 자기 역시 하나의 물(物)이다. 사람이 항상 자신을 벗어버리게 되니 저절로 밝아진다."

장재의 《장자전서》 권6 〈이굴(理窟)〉 '학대원하(學大原下)'에 실린 글이다.

천지사방을 다 비추는 거울이 아닌, 어떤 한 방향만 비추는 거울이어서 제대로 볼 수가 없는 것이 세상의 이치인데, 한 면만 보고서 세상의 이치를 다 안다고 여기기 때문에 끊임없이 불협화음이 일어나는 것이다.

"말은 마음의 지표요 거울이다"라고 로버트슨이 《나이팅게일》에서 한 말은 진실이다. 그래서 항상 말을 조심해서 해야 하며, 이 세상에 거울이 필요한 것도 바로 그런 이유에서다.

전남 고흥의 금강죽봉(국가 명승).

인생 여정의 끝

나는 이제 여정의 끝에 지쳐 서 있어

지친 이마가 월계관을 쓰고 있기도 힘드네.

그러나 내가 한 일을 기쁘게 돌아보노니,

누가 뭐라든 결코 흔들리지 않았구나.

- 〈피날레〉

쇼펜하우어의 시 〈피날레〉 전문이다.

"하루 종일 달려서 해가 질 무렵 목적지에 닿는다면 그것으로 충분하지 않은가."

피렌체에서 활동했던 시인 페트라르카의 말이다. 그 말을 평생의 신조로 삼고 살았던 쇼펜하우어는 그 글에 이어 위와 같은 시를 남겼다.

영문도 모르고 태어나 살다가 어느 날 영문도 모르고 왔던 곳으로 돌아간다. 누구나 이 세상에서 겪어야 하는 일이다. 한때는 어떤 꿈을 꾸었고, 한때는 그 꿈을 향해 매 순간 최선을 다하다가 어느 날 꿈을 접고, 아니 내려놓고 돌아가야 할 때가 온다. 아스라한 추억들도, 사랑했던 모든 것도, 이루지 못한 일들도 다 잊어버리고 돌아가는 그때가 누구에게나 다가온다. 그때 자신의 삶에 어떤 의미를 부여하고 돌아갈 것인가?

모든 역경을 딛고 서서 자신의 삶을 긍정하는 쇼펜하우어에게도 젊은 시절 고뇌가 많았다. 그는 이렇게 말했다.

"나는 정규 교육을 전혀 받지 않았다. 하지만 그 열여섯 살의 여행길에서, 젊은 시절 생로병사의 고통과 죽음을 목격한 석가모니처럼 생의 번뇌에 사로잡히게 되었다."

"아아. 생명이 계속되는 한 왜 이런 존재의 암흑 속에서, 왜 이렇게 큰 위험 속에서 인생을 보내야 한단 말인가?"라고 토로했던 고대 로마의 철학자 루크레티우스의 단말마의 비명 같은 삶이 아니라 그래도 살 만한 삶이지만, 산다는 것은 쓸쓸하고 외로운 것이다.

"그래도, 그래도…." 하면서 사는 삶의 마지막에 어떤 말을 남기고 사라질지….

경남 거제 바람의 언덕.

쇼펜하우어의
책 읽기

책을 사는 것도 좋지만, 책을 읽을 시간까지 살 수 있다면 더할 나위 없이 좋다. 하지만 사람들은 가끔 책을 사서 읽는 것과 그 내용에 동화하고 통달하는 것을 혼동한다.

자신이 읽은 내용을 모두 기억하고 있기를 바라는 것은 지금까지 먹은 음식을 모두 몸 안에 지니고 있기를 바라는 것과 같다. 사람은 음식을 먹은 것으로 육체적인 삶을 살아왔고, 책을 읽은 것으로는 정신적인 삶을 살아 지금의 자신이 되었다.

그러나 육체는 육체에 맞는 것을 소화 흡수하듯 누구든 자신의 흥미를 끄는 것, 즉 자신의 사상 체계나 목적에 맞는 것만 머릿속에 간직한다. 물론 누구에게나 목적이 있지만, 사상 체계라 할 만한 것을 가지고 있는 사람은 거의 없다. 대부분의 사람은 그 어떤 것에도 객관적인 흥미를 느끼지 않는다. 따라서 그들이 읽은 것은 원래 책에 적힌 대로 머릿속에 남아 있지 않게 된다. 다시 말해 사람은 읽은 것을 고스란히 간직하지 않는다.

"반복은 학습의 어머니다." 모든 중요한 책은 즉시 두 번 읽어야 한다. 두 번째로 읽을 때 다루는 내용이 순서대로 더 잘 이해되고, 내용의 끝을 알고 있을 때 그 시작 부분을 제대로 이해할 수 있기 때문이다. 또한 두 번째 읽을 때는 처음 읽을 때와 다른 분위기와 마음으로 책의 각 구절에 접근할 수 있다.

- 《여록과 보유》

지금도 책을 사러 가거나 책을 사서 돌아올 때 설렌다. 갈 때는 어떤 좋은 책이 나를 기다리고 있을까 하는 생각을 한다. 그리고 좋은 책을 찾았을 때의 기쁨은 그 어떤 기쁨보다 크다. 책을 사서 돌아올 때는 어서 읽어야겠다는 생각에 집으로 가는 길이 왜 그리도 멀던지. 내가 활자중독증에 걸린 어린 시절부터 변하지 않는 내 마음속 풍경이다.

쇼펜하우어 말의 요지는 누구나 자기가 고르고 골라서 산 책이나 읽었던 모든 책의 내용을 다 기억하지 못한다는 것이다. 그는 중요한 책이라면 곧장 연달아 두 번 읽으라고 권한다.

요즘 책을 읽는 사람이 크게 줄어 책을 저술하고 만들고 파는 사람을 생각해 '책은 읽는 것이 아니라 사는 것'이라는 우스갯소리가 있지만, 어쨌건 책은 읽어야 책이 이 세상에 있어야 할 이유도 성립한다. 책을 사 놓고 시간이 없거나 읽는 것이 귀찮아 안 읽으면 오히려 안 사는 것보다 못하다. 그것은 책에 대한 예의가 아니고, 시간도 죽이고 돈도 허비하기 때문이다.

그보다 더 중요한 것은 좋은 책과 나쁜 책을 구별할 수 있는 능력을 독자나 책을 파는 사람들이나 도서관의 사서들이 배양해야 한다는 것이다. 눈 뜬 봉사들이 너무 많다. 그러다 보니 오래오래 곱씹게 하는 진정으로 양서라고 할 수 있는 책보다 사람들의 마음을 현혹하는 악서를 권하고 팔고 읽는 경향이 있다.

좋은 책을 선별할 수 있는 능력을 책을 파는 사람이나 책으로 먹고사는 사람이 배우고 키워야 할 것이다. 카프카가 말한 도끼로 두개골을 때리듯 작용하는 그런 책은 아니어도….

조금 더 한가롭고 여유롭게

이탈리아의 피렌체.

시간은 항상 우리를 압박해 숨 돌릴 틈을 주지 않고, 채찍을 든 교도관처럼 우리 뒤에 있다. 그런 사실이 우리를 적지 않게 고통스럽게 한다. 권태와 지루함에 사로잡힌 사람만이 시간 때문에 괴로워하는 것은 아니다.

-《여록과 보유》

"마음의 여유가 없다."

많은 사람에게 자주 듣는 말이다. 요즘처럼 그 말이 실감이 나는 때도 없는 듯하다. 급박하게 돌아가는 것 같은데 실속은 없고, 여기저기서 불평만 넘쳐나고 있다.

"증오는 넘치고 마음의 여유는 없다."

시인이자 극작가인 예이츠가 자기 조국인 에이레(Eire, 아일랜드)를 두고 한 말이다. 왜 그렇게 되었을까? 개인 이기주의가 팽배한 사회가 되다 보니 서로가 서로를 불신해 그런 게 아닐까?

"방 안에 빈 곳이 없다면 며느리와 시어머니는 싸움을 그칠 날이 없을 것이다. 마음에 여유가 없으면 오장육부가 서로 부딪쳐 조화를 잃게 된다. 큰 숲이나 높은 산이 사람을 반갑게 하는 것은 사람의 마음이 세속에서 쪼들리고 있기 때문이다."

《장자》 잡편 제26편 〈외물(外物)〉에 실린 글이다.

"자연이란 흙, 나무, 연못, 산 등에 국한되지 않는다. 속도를 줄여 넉넉한 시간 여유를 가지고 자연을 음미할 때 우리는 평화, 생명의 순환, 계획, 그리고 탐험에 대한 위대한 교훈을 얻게 된다. 자연은 하나의 실존으로서 고유한 개성을 지니고 있다.

대양이나 황야는 우리의 오랜 친구였던 것처럼 감동으로 다가온다. 자연의 품 안에 자신을 맡긴 채 귀를 기울이면 우리가 자연의 한 부분이라는 사실을 다시금 깨닫게 된다."

미국의 저술가이자 출판 편집자인 로레인 앤더슨(Lorraine Anderson)의 말이다.

이렇게 마음의 여유를 가지고 한가하게 살아도 길지 않은 인생인데, 허겁지겁 쫓기듯 사는 게 이미 오래인 것은 무슨 연유일까?

숨 한 번 쉬면 훌쩍 지나가는 시간의 틈바구니에서 그래도 한가하게 산다고 자처하는 나도 가끔 바쁘다고 푸념한다. 그럴 때마다 영국의 시인 데이비스의 〈여유〉라는 시를 읊조려 본다.

그게 무슨 인생일까, 근심에 찌들어
가던 길 멈춰 서 바라볼 시간이 없다면.

양이나 젖소들처럼 나무 아래 서서
쉬엄쉬엄 바라볼 틈이 없다면.

숲속 지날 때 다람쥐들이 풀숲에
도토리 숨기는 걸 볼 시간이 없다면.

한낮에도 밤하늘처럼 별이 총총한
시냇물을 바라볼 시간이 없다면.
(……)

조금 더 한가하게, 여유롭게 해찰도 하면서 살아야 하지 않을까?

명예를 얻고
명성을 떨치고자 하는 것

우리는 타고난 특이한 약점 때문에 다른 사람이 자신에게 내리는 평가를 지나치게 의식하는 경향이 있다. 하지만 조금만 생각해보면 그 평가는 행복에 꼭 필요하지 않다는 것을 알 수 있다.

나는 사람들이 다른 사람에게 좋은 평가를 받거나 입발림 소리를 들으면 왜 기뻐하는지 모르겠다. 고양이를 쓰다듬어주면 목에서 가르랑거리는 소리를 내듯 사람도 칭찬해주면 얼굴에 기뻐하는 표정을 보일 것이다. 그 칭찬이 뻔한 거짓말이어도 그 사람에게 자부심을 느끼게 한다면 반길 것이다.

불행한 상태에 있거나 이미 앞에서 논의한 행복의 두 원천(인간을 이루는 것, 인간이 지닌 것) 측면에서 가진 게 별로 없는 사람은 다른 사람들의 박수를 받으면 위로받을 수 있다. 그와 반대로 자존심이 상처를 입거나 경멸 또는 무시를 당해 매우 고통스러워하

충북 괴산의 화양동 암서재.

는 것은 놀라운 일이다.

만약 명예심이 인간 본성의 이러한 특성에 달려 있다면, 그 명예심은 도덕성을 대신해 수많은 사람의 안녕에 매우 유익한 영향을 미칠지도 모른다. 그러나 그것은 인간의 행복, 특히 행복에 필수적인 마음의 평안과 독립성에 유익하기보다는 오히려 해를 끼칠 것이다.

따라서 명예심의 약점과 장점을 올바르게 파악해 다른 사람의 평가가 허영심을 부추기든 상처를 주든 민감하게 반응하지 않는 것이 좋다. 두 가지 다 감정을 자극하기는 마찬가지이기 때문이다. 그러지 않으면 다른 사람들이 생각하는 대로 끌려다니는 노예가 된다. 호라티우스는 이렇게 말했다.

"칭찬에 탐욕스러운 마음을 죽이고 살리는 것은 얼마나 쉬운가!"

그러므로 자신이 지닌 가치와 다른 사람의 눈에 비치는 가치를 올바르게 비교하고 평가한다면 행복에 큰 도움이 될 것이다.

-《여록과 보유》

쇼펜하우어는 명예에 집착하지 말라고 한다. 행복은 마음의 편안함과 만족에 달려 있는 것이지 명예를 얻으려고 욕심을 부리다가는 다른 사람의 평가에 일희일비하며 오히려 불행해진다.

그는 행복해지려면 명예욕을 낮추라고 한다.

명성 또한 인간의 행복이라는 관점에서 볼 때 자존심과 허영을 위한 매우 진귀하고 맛있는 음식에 불과하며, 타인이 어떻게 생각하느냐에 따라 자신의 가치나 무가치가 결정된다면 인간의 삶은 비참하다는 것이 그의 지론이다.

이 명예와 명성은 쇼펜하우어가 행복의 원천으로 꼽은 세 가지 부류, 즉 '인간을 이루는 것', '인간이 지닌 것', '인간이 남에게 드러내 보이는 것' 중 자신이 다른 사람의 눈에 비쳐 평가받는 '인간이 남에게 드러내 보이는 것'에 속한다.

이 세상에 자신을 알아주는 사람 하나만 있어도 더 바랄 것이 없다.

아! 늘 자신을 돌아보는 것이 사람의 본래 마음인데, 자기 자신을 있는 그대로 보지 못하면 어떤 때에는 바보가 되어 날뛴다. 그래서 내가 아닌 다른 사람의 눈으로 보아야 비로소 내가 만물과 다르지 않음을 알게 되고, 운신이 매우 넓고 여유로울 것이다.

성인은 이 방법을 썼기에 세상을 피하고도 사리에 어둡지 않았고, 홀로 있어도 두렵지 않았다. 공자는 "남이 나를 알아주지 않아도 원망하지 않으면 또한 군자가 아니겠는가?"라고 했다.

노담(老聃, 노자)도 "나를 알아주는 사람이 드물면 나는 마땅히 귀한 사람일 것이다"라고 했다.

남이 나를 알아보지 못하게 한 그것은 다음과 같은데, 어떤 이는 자기 의복으로 속였고, 어떤 이는 자기 얼굴 모양으로 속였고, 어떤 이는 자기 성명으로 속였다. 이것이 성인, 부처, 현자, 호걸이 세상을 주유하고, 천하를 다스리는 왕의 자리와 그 즐거움을 바꾸지 않은 까닭이다.

이때 세상에 어쩌다가 나를 알아주는 사람이 하나라도 있으면 그 발자취는 드러나고 말 것이다.

박지원의 《열하일기》 중 '관내정사'에 실린 글이다. 자기를 아는 것이 참으로 어렵기도 하지만, 자기를 일부러 드러내지 않아도 마음속에 도(道)가 깊으면 누군가가 알아준다는 것이다.

명예는 아침 이슬 같고 흐르는 구름 같은데, 그 명예를 얻으려는 사람이 너무도 많다. 예나 지금이나 사람들은 이름이 나기를 갈망한다. 이름이 조금이라도 나면 자기도 모르는 사이에 우쭐해지고 그 이름에 걸맞은 명예를 추구한다. 스스로가 잘하는 것만 해도 충분한데, 이것저것 다 건드리고 기웃거리다가 동티가 난다.

명예란 특히 오묘하고 요사스러운 것이어서 한 번 거기에 맛을 들이면 도저히 벗어날 길이 없다. 그러다 보면 자기의 간이고 쓸개고 다 내놓게 된다. 결국 패가망신의 지름길이 명예에 대한 욕심이다.

경북 영주 부석사의 가을.

한세상 허둥대며 헤매다 보니
머리는 희어지고 몸은 늙었네.
이 세상 명예란 화가 되는 법,
예로부터 이 속에서 몸을 망쳤네.

무학대사의 스승이었던 나옹 스님의 〈경세(警世)〉라는 시 전문이다.

신륵사에서 열반한 나옹 스님의 부도탑에 가서 절하고, 스님이 가신 곳에는 명예와 이익이 있는지 물어봐야겠다.

전북 부안의 반계서원.

고독을 견디는 법

젊은이는 고독을 견딜 수 있게 일찍부터 훈련해야 한다. 고독은 행복과 마음의 평온에 원천이 되기 때문이다.

-《여록과 보유》

아무도 나에게 관심이 없었다. 나는 충분한, 아주 충분한 외톨이였다. 살아내는 것만도 버거운 어머니가 그나마 나를 가장 관심 있는 눈길로 바라보았을 뿐 아버지도, 할머니도, 고모도, 작은아버지 내외도 그저 한 아이가 자기 곁에 있는 것을 느껴 식사 때 밥을 함께 먹었을 뿐이었다.

"이렇게 살면 안 돼"라거나 "네 꿈은 뭐니?" "취직해서 돈을 벌어야 할 텐데"라고 하면서 내 장래를 걱정해주거나 커서 무슨 일을 하는 게 좋겠다는 말을 아무도 건네주지 않았다. 내가 학교에 가는지 안 가는지조차 관심이 없었다. 어쩌다 눈길이 마주치면 그저 무심히 바라볼 뿐이었다. 말 그대로 방치였다.

나 또한 다른 사람들에게 그랬다. 붙임성이 없어 어른들에게 인사도 잘 못하고, 유난히 내성적이었던 나는 단지 사람들 눈에 안 띄기 위해 귀퉁이나 변두리만 찾아다녔던 것 같다.

덴마크 작가 야콥센은 "사람은 누구나 자기 생애를 혼자서 살고 자기 죽음을 혼자서 맞는다"라고 했다. 스위스 철학자 아미엘은 《아미엘의 일기》에서 "나의 소년 시절에는 단 한 명도 위안을 주는 사람이 없었다. 나보다 뛰어나고 나를 이해하고 내 힘을 키워주는 친구도 없었다"고 했다. 그처럼 나는 충분히 외로웠다. 그리고 마침내 그 외로움을 기꺼이 즐기는 것을 터득했다.

쇼펜하우어는 인간의 행복에서 가장 중요한 요소로 건강을 꼽는다. 그다음이 마음의 평온이다. 마음이 평온해야 행복한데, 이 평온은 사람들과 폭넓게 사귀는 것으로 인해 깨진다고 보았다. 다시 말해 사람은 고독해야 마음이 평온해지고, 마음이 평온해야 행복하다고 한다. 사회생활을 하자면 사람을 만나고

사귈 수밖에 없는 요즘 세상과 동떨어진 주장이 아닐 수 없다.

그러나 세상을 살다 보면 누구나 크고 작은 고독에 처하게 된다. 그때를 대비한다면, 그리고 실제로 고독해진다면 쇼펜하우어의 고독 예찬론은 도움이 될 것이다. 스스로 다른 사람을

남미 볼리비아의 소금사막.

피해 고독한 사람이 되기보다 고독에는 이점도 있으니, 마음을 잘 다스려 그 고독을 견디라는 것이다.

고독을 견디려면 고독에 익숙해지는 수밖에 달리 방법이 없다. 고독에 익숙해지려 노력하는 것이 바로 쇼펜하우어가 말한 고독을 견디는 훈련이다.

자신을 진심으로 존경하는 사람

우리는 인생을 무(無)라고 하는 '더없이 행복한 평온의 상태'를 쓸데없이 방해하는 에피소드로 여길 수 있다. 어쨌든 그럭저럭 잘 살아온 사람이라 할지라도 오래 살수록 인생 전체가 환멸임을, 즉 단순한 속임이 아니라 엄청난 현혹이나 사기의 성격을 띠고 있음을 더욱 분명히 깨닫게 된다.

젊은 시절 친구였던 두 사람이 오랜 세월 떨어져 지내다가 노인이 되어 다시 만났을 때, 그들은 서로의 모습을 보며 옛 시절을 떠올리고는 인생 전체에 완전히 실망하고 말 것이다.

-《여록과 보유》

인생이란 어느 순간에 행복하다가 작은 일에 상처를 받고 불행한 것이라 생각하는 사람도 있고, 모든 순간이 행복한 것으로

칠레와 아르헨티나 국경의 강.

여기는 사람도 있다. 쇼펜하우어는 전자의 경우에 속한다.

괴팅겐대학에서 공부하던 쇼펜하우어는 철학자가 되려는 마음을 굳히고서 다음과 같은 글을 썼다.

"인생은 불쾌한 것이다. 나는 인생을 숙고하는 데 평생을 바치기로 결심했다."

그런 그가 친구와 함께 짧은 여행을 떠났다. 시골을 여행하는 중 친구가 자신들도 여자를 만나보자고 제안했다. 그러나 쇼펜하우어는 "인생은 너무 덧없고 확실하지 않으며 쉽게 사라지기 때문에 그런 어려움을 무릅쓸 필요가 없다"라고 하며 그의 제안을 거절했다.

쇼펜하우어는 스물다섯 살 때 바이마르의 어머니 집에서 지냈고, 그녀가 운영하는 살롱에서 당대의 문호 괴테를 만나 교류했다. 쇼펜하우어가 바이마르를 떠날 때는 괴테가 그를 위해 2행시를 지어 주었다.

"그대가 인생에서 즐거움을 끌어내고 싶다면

그대는 이 세상에 가치를 부여해야만 하네."

하지만 쇼펜하우어는 이 충고가 마음에 들지 않았다. 그는 노트에 적힌 괴테의 시 옆에 프랑스의 모럴리스트인 샹포르의 글을 옮겨 적었다.

“사람을 있는 그대로 내버려 두는 것이, 그렇지 않은 사람을 받아들이는 것보다 낫다.”

쇼펜하우어는 나이 서른이던 1818년에 스스로 걸작이라 여긴 《의지와 표상으로서의 세계》를 완성했다. 이 책에는 자신에게 친구가 없는 사실이 이렇게 쓰여 있다.

“천재는 자신의 노력과 성취에서 종종 그 시대와 모순되고 충돌하기 때문에 외부와 조화를 이루지 못한다.”

그는 자신을 천재라고 생각했다. 그리고 천재의 지성은 인류 전체에 봉사해야 한다고 여겼다.

1844년 쇼펜하우어는 《의지와 표상으로서의 세계》 제2판을 출판하며 머리말에 다음과 같이 썼다.

“나는 이 완결판을 동시대인이나 동포가 아니라 인류에게 바친다. 이 책이 어떤 형태로든 선(善)의 피할 수 없는 운명처럼 비록 뒤늦게 인정받을지라도 인류에게 가치가 없는 것은 아니라고 확신한다.”

그의 예감은 그대로 맞아떨어졌다. 《의지와 표상으로서의 세계》 제2판은 300부도 팔리지 않았다. 그 때문이었을까? 1851년 그의 나이 예순셋에 출간한 《여록과 보유》에는 다음과 같이 썼다.

“우리 인간의 가장 큰 즐거움은 존경받는 데 있다. 하지만 존경을 보내야 할 사람들은 그럴 만한 이유가 있더라도 자신의 감정을 표출하는 데 더디다. 그러므로 다른 사람들이 혼자 내버려두는 한 어떻게든 자신을 진심으로 존경하는 사람이 가장 행복한 사람이다.”

쇼펜하우어는 스스로가 스스로를 존경하려 했다. 그리고 그의 철학은 말년부터 빛을 발하기 시작했다. 날이 갈수록 더 높은 평가를 받는 사람이 비단 쇼펜하우어뿐만은 아닐 것이다.

인생에서 이름이 나고 못 나고가 중요한 것은 아니리라. 내가 살고 싶은 대로 유감없이 살다가 가는 것, 그것이 인생 아닐까?

제주 성산포 광치기 해변 ©고혜경 사진.

쇼펜하우어와
그의 어머니 요한나

'왜 존재하고 존재하지 않는가'라고 하는 이유 없이 존재하는 것은 아무것도 없다.

-《충족이유율의 네 가지 근원에 대하여(Über die vierfache Wurzel des Satzes vom zureichenden Grunde)》

독일의 철학자 쇼펜하우어는 어머니와 사이가 좋지 않았다. 쇼펜하우어의 어머니 요한나는 바이마르의 사교 모임을 이끌었던 사람이며 소설가였다.

어머니는 쇼펜하우어를 싫어했고, 쇼펜하우어 역시 소설을 쓰는 어머니를 못마땅하게 여겼다. 쇼펜하우어와 어머니가 결정적으로 갈라선 것은 쇼펜하우어가《충족이유율(充足理由律)의 네 가지 근원에 대하여》라는 박사학위 논문을 출판하면서였다.

아르헨티나의 토레스 델 파이네 국립공원.

그가 그 책을 어머니에게 건네자, 어머니는 그 책을 보고 놀렸다.

"약사들을 위한 책인가 보구나."

그 말을 들은 쇼펜하우어는 버럭 화를 내고 말았다.

"어머니가 쓴 책이 이 세상에서 완전히 사라져버려도 제가 쓴 책은 오래도록 읽힐 겁니다."

그러나 그의 어머니도 질세라 다음과 같이 응수했다.

"그럴 거야. 네 책은 초판 그대로 안 팔리고 계속 쌓여 있을 테니까."

그 순간 모자 사이에 전례 없던 긴장감이 흐르기 시작했다.

언젠가 괴테가 요한나에게 말했다.

"부인의 아드님은 장래에 반드시 유명한 인물이 될 겁니다."

보통의 어머니라면 자식이 잘될 것이라는 말에 기뻐하는데, 요한나는 그렇지 않았다. 자신의 재능을 과신한 그녀는 한 집안에 두 명의 천재가 나왔다는 이야기를 한 번도 들어본 적이 없음을 떠올리고 있었다.

어머니와 쇼펜하우어의 관계는 결정적인 파국을 맞았다. 자신에 대한 어머니의 마음을 감지한 그는 다음과 같은 말을 남기고 바이마르를 떠나 드레스덴으로 갔다.

"어머니의 이름은 훗날에 내 이름을 통해 알려지게 될 것입니다."

그때가 1814년 5월이었다.

그의 어머니 요한나는 그 뒤로 24년을 더 살았다. 하지만 모자가 같은 자리에 있었던 것은 그때가 마지막이었다.

부모와 자식의 관계란 무엇인가? 어떤 부모는 자식에게 많이 베풀지 못해 안달이고, 어떤 부모는 자식을 짐으로 여긴다. 불과 몇십 년 전만 해도 부부가 갈라서게 되면 자식을 서로 키우려고 양육권 소송까지 불사했는데, 요즘에는 서로 자식을 맡지 않기 위해 난리도 아니다. 그만큼 시대가 달라졌다.

지금 이러할진대, 십 년 이십 년이 지난 뒤에는 어떤 일이 일어나 사람들을 놀랠 것인가? 심히 궁금하면서 우려스럽다.

어느 한순간이
운명의 인연이 될 수 있다

경북 울릉도의 등대.

어느 날 나는 론 영감의 고서점에서 이 책을 발견하고 몇 페이지를 넘겨 보았다. 어떤 악마가 나에게 "이 책을 집에 가져가라." 하고 속삭였는지 모르겠다. 어쨌든 책을 성급하게 사지 않는 나의 평소 습관과는 다른 행동이었다.

집에 돌아와 내가 산 보물을 가지고 소파 구석에 몸을 던진 채 그 정력적이고 음울한 천재가 나에게 영향을 미치도록 하기 시작했다. 여기에서는 모든 행이 포기, 부정, 절망을 외쳤고, 여기에서 나는 내 인생과 마음을 경악스러울 만큼 장엄하게 비추는 거울을 보았다. 여기에서 나는 완전하고 사심 없는, 태양 같은 예술의 눈을 보았다. 여기에서 나는 질병과 치유, 유배지와 피난처, 지옥과 천국을 보았다. 나를 알고 싶은 욕구, 정말 자신을 갉아먹고 싶은 욕구가 격렬하게 나를 사로잡았다.

- 니체, 〈라이프치히에서의 2년을 되돌아보며(Rückblick auf meine zwei Leipziger Jahre)〉

철학자 니체가 쇼펜하우어의 《의지와 표상으로서의 세계》를 만난 뒤의 충격을 밝혀 놓은 글이다.

니체는 쇼펜하우어 책을 스승으로 삼아 자신만의 철학을 정립해 나가기 시작했다. 그리고 어느 날 스위스 앵가딘 지방의 실스마리아 호숫가를 거닐다가 자라투스트라가 다가옴을 느꼈다. 니체가 쇼펜하우어를 만나지 않았더라면 어쩌면 그처럼 독특한 철학자가 되지 못했을지도 모른다.

어느 한순간이나 사건이 인생을 좌우하기도 한다. 우리는 살아가면서 사람을 만나기도 하고, 책을 만나기도 하고, 그리고 어떤 절경을 만나기도 한다. 바로 그 순간이 지나온 어느 세월에서도 접하지 못한 어떤 영감이나 환희의 불길을 활활 솟구치게 하기도 하고 새로운 돌파구가 되기도 한다.

인연이란 그런 것이다. 인생을 지금껏 살아온 것하고는 아주 다르게, 아니 혁명처럼 작용하게 하는 것이 인연이다. 그래서 헤르만 헤세는 "인연을 아는 것은 사고요, 사고를 통해서만 감각이 살아난다"라고 말했을 것이다.

나이가 들수록 사람과 사람의 인연이나 모든 사물과의 인연은 다 운명적이며 필연적이라는 것을 실감한다.

"인연이 그런 것이란다. 억지로는 안 되어. 아무리 애가 타도 앞당겨 끄집어 올 수 없고, 아무리 서둘러서 다른 데로 가려 해도 달아날 수 없고잉. 지금 너한테로도 누가 먼 길 오고 있을 것이다. 와서는, 다리 아프다고 주저앉겠지. 물 한 모금 달라고."

최명희의 대하소설 《혼불》에 나오는 글이다.

가고 오고, 다시 가고 오는 모든 인연이 어찌 그리도 눈시울 젖도록 애잔하기만 한 건지, 문득 술 한잔 마시고 비틀거리며 밤길을 걷고 싶은 것은 그 무슨 연유인지….

이 세상에서
시인은 어떤 존재인가

시인이 언제나 보편적인 인간이라면, 인간의 마음을 움직인 모든 것, 어떤 상황에서도 인간의 본성이 그 자체로부터 만들어낸 모든 것, 인간의 가슴속에 깃들고 서려 있는 모든 것이 시인이 다루는 주제이자 소재이다.

그 나머지 자연도 마찬가지이다. 그러므로 시인은 신비주의적인 것은 물론이고 관능적인 것도 노래할 수 있다. 아나크레온(그리스의 서정시인)이나 안겔루스 질레지우스(독일의 종교시인)가 될 수도 있고, 비극이나 희극을 쓸 수도 있고, 자신의 기질이나 사명감에 따라 숭고하거나 평범한 마음을 표현할 수도 있다.

그리고 그 누구에게도 시인이 어떠해야 한다고 하는, 즉 고상하고 숭고해야 한다든가, 도덕적이어야 한다든가, 경건해야 한다든가, 기독교적이어야 한다든가 하는 이런저런 지시를 내릴 권한

경북 경주 양동마을의 관가정.

이 없다. 세상에서 유일한 존재인 그를 비난할 권한은 더더욱 없다. 시인은 인류의 거울이며, 인류로 하여금 느끼고 행한 것을 의식하게 한다.

-《의지와 표상으로서의 세계》

헤르만 헤세는 1935년 한 독자에게 보낸 편지에서 "나는 시인의 임무가 독자들에게 삶과 인간에 대한 규범을 제시하거나 전

충남 서산의 해미읍성 회화나무.

지적이고 권위적이어야 한다고는 생각하지 않습니다. 시인은 자신의 마음이 끌리는 것을 시로 나타내 보이는데, 나는 크눌프(헤세의 소설 《크눌프》의 주인공) 같은 인물들에게 마음이 끌립니다. 그들은 유용하지는 않지만, 다른 유용한 사람들과 달리 해를 거의 끼치지 않습니다"라고 했다.

영국 시인 존 키츠는 1819년 동생에게 쓴 편지에서 "이 세상은 눈물의 골짜기가 아니라 영혼을 만드는 곳"이라 시적으로 표현했고, 튀르키예(터키)의 소설가인 오르한 파묵은 "시인은 신이 말을 거는 사람이다"라고 했다. 그만큼 시가 인류에게 공헌한 바가 많고 시인의 역할이 크다는 것을 단적으로 표현하고 있다.

개인 존재로서 시인은 세상에 단 한 명뿐이고, "시인은 인류의 거울이며, 인류로 하여금 느끼고 행한 것을 의식하게 한다"는 쇼펜하우어의 글은 더욱 의미심장하다.

그렇다면 이 시대의 시인들이 더 정진해야 한다는 말인데, 그런 시인이 비 온 뒤의 죽순처럼 많이 생겨나 인류에게 희망을 준다면 얼마나 좋을까?

세상을 보는 눈은 저마다 다르다

사람이 사는 세상은 주로 그 사람이 보는 방식에 따라 형성되기에, 세상은 사람마다 다르다는 것이 입증된다.

-《여록과 보유》

사람은 같은 공간에서 똑같은 사물을 보고도 각자 다르게 느낀다. 산에서 산 아래 펼쳐진 풍경을 보면서도 어떤 사람은 가까운 곳에 피어 있는 꽃을 보고, 어떤 사람은 멀리서 유장하게 흐르는 강을 본다. 어떤 사람은 그늘 드리운 나무를 보고, 어떤 사람은 산에 걸린 구름을 본다. 저마다 의식의 세계가 다르고 저마다 보고 싶은 것만을 보는 경향이 있기 때문이다.

그렇다. 세상은 저마다 다른 것의 집결지이다. 사물의 모양

새가 저마다 다르고 마음과 마음이 서로 다르면서 조화를 이루어내는 전 우주적인 집결지로서, 다른 시각으로 보면 저마다 다른 행성이기도 하다.

서로 다른 우주와 우주가 만나 벌이는 매 순간의 축제에서 주인공이 바로 인간이다. 얼마나 신기한가? 나와 당신이 그 축제의 주인공이라니. 하지만 언제 사라질지 모르는, 그 배역에서 언제 밀려날지 모르는 순간순간의 주인공이기도 하다.

어떻게 살 것인가? 답은 정해져 있다. 사람은 서로 다르면서 같다는 것을 인정하고 순간순간을, 바로 지금을 최선을 다해 사는 것, 그것이다.

내 고통을 견디고 남을 동정하라

삶에서 끊임없이 겪는 작은 고통은 일이 잘 풀림으로써 오히려 무기력해지는 것을 경계하고 앞으로의 큰 불행을 견디기 위해 고안된 훈련으로 볼 수 있다. 우리는 일상의 사소한 문제들, 즉 동료와의 작은 마찰, 하찮은 말다툼, 타인의 부적절한 행동과 험담, 그 밖의 골치 아픈 일에 대해 무장한 영웅 지크프리트가 되어야 한다.

그런 일들을 민감하게 받아들이거나 가슴속에 두어 고민하지 말고, 길 앞에 놓인 돌멩이처럼 치워버려야 한다. 그런 일들을 자꾸 생각하거나 되돌아보아서는 안 된다.

-《여록과 보유》

초등학교 2학년쯤 되었을까? 내 생애 가장 부끄러운 일을 당했다. 그때부터 나는 아이들과 어울리는 것을 무서워하기 시작했

충남 부여 무량사의 겨울 감나무.

다. 나는 수많은 놀림을 당해야 했다. 결국 그 사건 이후, 요즘 말하는 '왕따'를 당한 것이다.

오전 2교시 수업이 끝나고 변소에 가서 소변을 보고 있을 때였다. 옆에 있던 한 아이가 내 고추를 보고 소리쳤다.

"애 좀 봐라. 우리하고 틀리다!"

변소에 있던 아이들이 나에게 우 몰려왔다. 갑자기 당황해 바지를 못 올리고 있던 나는 그때부터 '까진 놈'이라고 소문이나고 말았다. 다른 아이들은 아직 포경인데 나는 아니었기 때문이다.

요즘에도 되바라진 아이들을 지칭할 때 "저런 발랑 까진 놈." "그새 까져가지고."라는 소리를 하는데, 그때 아무것도 모르는 내가 그런 말의 주인공이 되었으니 어떤 기분이었겠는가.

그러잖아도 내성적이었던 나는 얼굴을 들 수가 없었고, 그때부터 아이들이 놀리는 만큼 나는 아이들과 멀어지기 시작했다. 사람들과 마주치는 것이 두려워졌다. 그래서 등교도 길에 아무도 없을 때를 택했다. 그렇다고 그런 내막을 누구에게 말할 수도 없는 노릇이었다. 벙어리 냉가슴 앓듯 혼자 간직할 수밖에 없었다.

이렇듯 나는 매일 기가 죽어지냈고, 아이들은 그런 나를 그냥 두지 않았다. 이렇게 저렇게 골탕을 먹이다 그것도 지치면 내 책보를 빼앗아 감추곤 했다. 책보 없이 집에 돌아가 할머니한테 얘기도 못 한 채 저녁을 보내고, 이튿날 학교 갈 때쯤이면 마음이 너무나 불안했다. 학교에 간다는 것이 끔찍했다.

내 얼굴에서 이상한 낌새를 느낀 할머니가 "얘야, 너 책보 어디 있냐?" 하고 물었다. 내가 그제야 자초지종을 얘기하자 유난히 욕을 잘한 할머니는 욕을 바락바락 해대며 영식이네 집과 상관이네 집에 가 책보를 찾아 가지고 왔다.

그러나 새로운 날은 항상 어제의 연속이었다. 할머니는 그 뒤로도 아침마다 수없이 욕을 해가며 같은 차림새로 그 골목길을 오갔다.

소문이라는 것은 오래 가지 않는데도 나는 그때부터 아이들과 물장난도 치지 못했고, 혼자 있는 시간이 많아졌다. 멱을 감아도 큰 내에서 다른 아이들과 하지 못하고 작은 개울 아무도 보지 않는 곳에서 간단히 하는 게 습관이 들었다. 그러다 보니 결국 수영을 배울 기회를 놓치고 말았다. 얕은 물은 괜찮은데, 깊은 물을 겁내게 되었다.

하여간 나는 그때부터 나를 왕따시키는 사람들을 싸잡아 왕따시키는 방법을 터득했다. '무명의 인간들 속에 매몰되어 자기 자신을 상실하고 있는 상태에서 속히 되돌아올 수 있도록'이라는 데카르트의 명제를 너무 일찍 터득했던 것은 아닐까. 나하고 노는 것을 싫어하거나 하찮게 여기는 사람들과 어울리는 것이 아니라 내가 혼자서도 잘 놀 수 있는 방법을 찾아냈다. 그때 다짐하고 다짐했던 것이 '그 애들과 놀지 말자', '혼자 있자'였다. 혼자 있는 것은 고립이 아니라 자기 자신을 되찾는 일임을 터득한 것이다.

"나는 물론 어떤 종류의 사교에도 익숙해질 수 없었다. 학교에서 친한 친구가 있긴 했지만, 그 수는 매우 적었다. 나는 나 혼자만의 구석을 만들어 그 속에서 지냈다."

도스토옙스키의 《미성년》 주인공의 말처럼 나는 나만의 구석, 나만의 방을 만들어 지내기 시작했다.

역사를 거슬러 올라가면, 조선 후기의 실학자인 다산 정약용은 조선 시대 최고의 왕따였다. 유배지에서도 외로웠지만, 유배가 끝나 고향인 경기도 광주부(현 남양주) 마재에 돌아가 산 18년 동안이 다산에게는 더 외로운 시절이었다. 형제, 친구들은 다 죽었고, 늙은 남종과 여자 종도 쇠락한 주인을 별로 탐탁하지 않게 여겼던 생활이었다. 그곳에 있을 당시 다산의 마을을 지나 여주로, 춘천으로, 충주로 가는 한양의 고관대작들은 혹시라도 다산과 눈길이 마주칠까 두려워했다고 한다. 그런 까닭에 다산은 오히려 자유롭게 많은 공부를 할 수 있었고, 후세에 들어 뛰어난 학자로 평가받고 있다.

그래서 나는 가끔 사람들에게 '왕따를 견뎌내지 못하면 문제가 되지만 견뎌내기만 하면 그렇게 좋을 수 없는 진짜 보약

이 된다'고 자신 있게 이야기한다.

가해자는 자기가 피해자에게 무엇을 잘못했는지 알지 못할 수 있다. 무심코 던진 돌멩이에 개구리가 맞아 죽듯이 내가 내뱉은 한마디 말이 다른 사람에게는 칼이 될 수 있다는 사실을 알면 그 같은 과오를 범하지 않을 것이다.

조심하고 조심하면서 살아가야 할 곳이 한 번밖에 살 수 없

인도 기행에서 만난 어린아이.

는 이 세상이다. 착하게 살아야 한다. 쇼펜하우어는 《도덕의 기초에 관하여(Über die Grundlage der Moral)》에서 삶은 고통의 연속이지만 다른 사람을 동정하며 살아야 한다고 했다. 그는 이 세상 모든 생명체를 향한 사랑의 마음을 '동정심'이라 했다.

모든 생명체에 무한한 동정심을 갖는 것은 순수한 도덕적 행위로서, 이 행위에는 그 어떤 신학적 궤변도 필요하지 않다. 동정심이 많은 사람은 그 누구에게도 상처를 주거나 손해를 끼치는 일이 없을 것이고, 그 누구의 인권도 침해하지 않을 것이다. 오히려 그는 모든 사람을 배려하고, 모든 사람의 잘못을 용서하고, 가능한 한 모든 사람을 도울 것이다. 그의 모든 행동은 정의와 자애의 흔적을 남길 것이다.

반면에 "이 사람은 도덕심은 있지만 동정심이 없다"라든가 "그 사람은 부도덕하고 악의에 찬 사람이지만, 동정심이 아주 많다"라고 한다면 그 모순은 곧바로 드러난다.

옛날 영국의 연극은 국왕에게 간청하는 대사로 끝나곤 했다. 고대 인도의 연극은 "중생이 고통에서 벗어나기를…." 하는 말로 막을 내렸다. 취향은 사람에 따라 다르겠지만, 내 생각에 이보다 더 아름다운 기도는 이 세상에 없다.

경북 봉화 청량사 부근의 낙동강.

연애가
인생의 꽃이다

남자의 애정은 여자에게서 만족감을 얻은 뒤부터 눈에 띄게 줄어든다. 남자는 이미 관계를 맺은 여자보다 다른 새로운 여자를 매력적으로 보기 때문이다.

남자는 다양한 여자를 갈망한다. 반면에 여자의 애정은 그 순간부터 커진다. 이는 가능한 한 최대로 증식함으로써 종을 유지하

남미 볼리비아 소금사막의 저물녘.

기 위한, 자연의 목표에 따른 결과이다. 만약 백 명이 넘는 여자를 거느린 남자라면 1년에 그만한 수의 아이를 쉽게 얻을 것이다. 여자는 아무리 많은 남자가 있어도 1년에 한 명의 아이만 낳을 수 있다(쌍둥이 출산 제외). 그래서 남자는 항상 다른 여자를 찾고, 여자는 그 반대로 한 남자에 단단히 매여 있다. 자연이 이것저것 따질 필요 없이 본능적으로 양육하고 부양함으로써 미래 자손을 이어가도록 여자에게 촉구하기 때문이다.

따라서 부부로서 정조를 지킨다는 것은 남자에게는 인위적이지만 여자에게는 자연스럽다. 여자의 간통은 객관적으로는 그 결과 때문에, 주관적으로는 본성에 비추어 부자연스럽다는 이유로 남자의 간통보다 훨씬 더 용서받지 못한다.

-《의지와 표상으로서의 세계》

쇼펜하우어의 이 글을 읽을 때마다 조지훈 선생의 수필 〈연애는 인생의 꽃〉이 생각난다.

연애는 연애 되는 순간 그 자체가 정점(頂點)이다. "황금시대는 황금시대가 오기 바로 직전에 있다"는 말이 있고, "화무십일홍(花無十日紅)이요, 달도 차면 기우나니"라는 노랫가락도 있지만, 이 두 마디 말이야말로 연애 미학에 있어서는 그대로 하나의 공리(公理)가 된다.

다시 말하면, 그리운 마음이 싹터서 꽃피는 순간까지가 그 황금시대요 절정이다. 꽃이 피어서 열매를 맺는 것이 정한 이치이듯이 연애가 개화하여 결실을 맺는 것 또한 그러하다. 그러나 꽃은 피자마자 비바람에 지는 수도 있고, 가지째로 꺾이는 수도 있고, 화병에 꽂고 물을 주기도 하고, 책 사이에 끼워서 두고두고 보기도 한다.

연애의 운명이 여러 갈래인 것이 꽃과 같다. 그래서 연애를 인생의 꽃이라고 한다. 꽃은 피는 것만으로도 꽃으로 의의가 있다. 열매를 맺는 것은 꽃의 결과적인 변모(變貌)요, 꽃은 아니다. 마찬가지로 연애는 연애로서 인생에 있어서 의의가 끝나는 것이다. 결혼은 연애의 결과 또는 변모일 수는 있으나, 연애 그 자체는 아닌 것이다. 결혼의 사랑은 윤리애로의 변성(變成)이요, 순수한 연애는 아니기 때문이다.

꽃은 피는 것만으로 의의가 있다는 조지훈 시인의 말과 같이 한 사람의 우주와 다른 사람의 우주가 만나 사랑한다는 것, 그것만으로도 삶의 큰 보람이 아니겠는가?

"내일 일은 귀신도 모른다"는 말이 있다. 내일을 근심하지 말고 오늘을 잘 살자. 그리고 "바로 지금이지 다시 시절은 없다"는 임제선사의 말과 같이 오늘, 바로 지금 사랑하며 살자.

여름에 만개한 연꽃.

온전히 아름다운 삶이란 없다.

그리고,

세월은 사람을 기다리지 않는다.

그렇다면,
인간은 어떻게 살고 어디로 가야 하는가?

아르투어 쇼펜하우어 Arthur Schopenhauer

독일의 철학자(1788~1860)로 세상의 본질을 욕망, 추구, 노력, 신념 등을 포함한 개념인 '의지(Will)'로 파악했으며, 모든 존재는 이 의지로 인해 고통을 받는다고 보았다. 그의 철학은 프리드리히 니체, 프로이트, 칼 융 등의 철학자와 심리학자, 많은 문학가에게 큰 영향을 끼쳤다.

주요 저서로는 《의지와 표상으로서의 세계》《여록과 보유》《도덕의 기초에 관하여》《자연에서의 의지에 관하여》《시각과 색채에 관하여》《충족이유율의 네 가지의 근원에 대하여》《토론의 법칙》《세상을 보는 지혜》(편역)가 있다.

나는 그곳에 집을 지어 살고 싶다

살아생전에 살고 싶은 곳 44

1권. 강원 경상 제주편 22곳

문화재위원이며 문화사학자이자 도보여행가인 신정일이
30여 년에 걸쳐 찾은 머물러 살고 싶은 44곳!
"나는 그곳에 가면 평생 살고 싶어진다.
그렇지 못할 경우, 한두 달만이라도 꼭 살고 싶다!"
이 책에 소개된 대부분의 지역이 산천이 빼어나게 아름다운 곳이고,
역사 속에 자취를 남긴 인물들이 삶을 영위했던 곳이다.

신정일 지음 | 신국판 | 312쪽 | 전면원색 | 값 18,000원

신정일 자전소설

안기부에서 받은 대학 졸업장
지옥에서 보낸 7일

초등학교 졸업자인 우리땅걷기 신정일 이사장이
어떻게 안기부로부터 대학 졸업장을 받았을까?
– 그 충격적인 사연을 41년 만에 전격 공개!

걷기 열풍을 일으킨 도보 문화답사 선구자인
우리땅걷기 신정일 이사장의
영화보다 더 영화 같은 삶 이야기…….

신정일 지음 | 국판 | 360쪽 | 값 16,000원

길 위에서 만나는 쇼펜하우어

– 걷기 전도사 신정일이 만난 쇼펜하우어 인생처세 이야기

지은이 | 신정일
펴낸이 | 황인원
펴낸곳 | 다차원북스

신고번호 | 제2017-000220호

초판 1쇄 인쇄 | 2024년 03월 08일
초판 1쇄 발행 | 2024년 03월 15일

우편번호 | 04037
주소 | 서울특별시 마포구 양화로 59, 601호(서교동)
전화 | (02)322-3333(代)
팩스 | (02)333-5678
E-mail | dachawon@daum.net

ISBN 979-11-88996-41-4 (03810)

값 · 18,000원

© 신정일, 2024, Printed in Korea

※ 잘못 만들어진 책은 구입하신 곳에서 교환해드립니다.

Publishing Club Dachawon(多次元)
창해·다차원북스·나마스테